EL PRÍNCIPE

EL
PRÍNCIPE

JENNIFER L.
ARMENTROUT

TITANIA

Argentina • Chile • Colombia • España
Estados Unidos • México • Perú • Uruguay

Título original: *The Prince*
Editor original: Evil Eye Concepts, Incorporated
Traducción: Tamara Arteaga y Yuliss M. Priego

1ª. edición Septiembre 2023

ISBN: 978-84-19131-33-1
E-ISBN: 978-84-19699-55-8
Depósito legal: B-13.043-2023

Fotocomposición: Ediciones Urano, S.A.U.
Impreso por Romanyà Valls, S.A. – Verdaguer, 1 – 08786 Capellades (Barcelona)

Impreso en España – *Printed in Spain*

CAPÍTULO 1

¿Era una pésima amiga por tenerle una envidia terrible a Ivy? ¿Sí? ¿No? ¿Un poco?

Suponía que algo entre medias.

En eso estaba pensando mientras observaba a Ivy Morgan apartarse los rizos gruesos y pelirrojos del hombro y reírse por algo que le había dicho su novio, Ren Owens.

Al menos no la envidiaba por su vida amorosa. Bueno, vale, sí que lo hacía. Seguro que cualquier persona soltera como yo se moriría de la envidia al ver el amor y la ternura que se transmitían con cada mirada o gesto que compartían. Apenas podían dejar de mirarse mientras cenábamos en el precioso restaurante del centro comercial de la calle Prytania.

Me alegraba muchísimo por ellos, de verdad. Lo habían pasado fatal. Mucho peor de lo que nadie debería pasar para estar junto a la persona que ama, y allí estaban, más fuertes y enamorados que nunca. Y se merecían esa felicidad.

Pero su épica historia de amor no era la razón principal por la que me carcomía la envidia.

Ivy era... genial.

Incluso ahora, relajada, rodeada de luces de Navidad, agarrada de la mano de Ren y habiéndose tragado una hamburguesa *deluxe* con queso, su ración de patatas fritas y la mitad de las mías, podía partir piernas y conseguir la información que le viniera en gana: nombres, direcciones, números de teléfono o incluso de la seguridad social.

Siempre que las cosas se complicaban, le pedían ayuda a Ivy o a Ren.

Si, por el contrario, había que averiguar qué calles se entrecruzaban con Royal, entonces... acudían a mí. Si se necesitaba café o buñuelos recién hechos, pero estaban ocupados, ya sabes, salvando el mundo, entonces ahí estaba yo también.

Los tres pertenecíamos a la Orden, una organización internacional que era literalmente lo único que se interponía entre los faes, o hadas, y la esclavitud y destrucción de la humanidad. Y no me refiero a las hadas de las películas de Disney y toda esa mierda. Los humanos creían estar en lo alto de la cadena alimenticia, pero se equivocaban. Eran los faes.

Lo único en lo que no se equivocaba la cultura popular era en las orejas ligeramente puntiagudas. Nada más. Los faes eran más que simples seres de otro mundo —el Otro Mundo—, eran capaces de camuflar su apariencia para mezclarse con los humanos. A todos los miembros de la Orden nos hechizaban cuando nacíamos para ver más allá de aquel embrujo. Nosotros sí que veíamos a la verdadera criatura oculta bajo la inofensiva fachada.

Era imposible imaginarse el poder de seducción de su verdadera forma, lo luminosa que era su piel plateada o lo hermosos que eran, en el mismo sentido que podría serlo un leopardo al perseguir a su presa.

Los faes se alimentaban de los humanos, de la mismísima fuerza vital que hacía que nuestro corazón siguiera latiendo y que nuestro cerebro funcionase. Al igual que los míticos vampiros lo hacían de la sangre y los súcubos, de la energía, la fuerza vital que robaban a los humanos acentuaba sus habilidades, que no eran pocas. Eran más rápidos y fuertes que nosotros, y nada sobre la faz de la Tierra contaba con un mejor instinto depredador que ellos. Alimentarse de los humanos también ralentizaba su envejecimiento, hasta el punto de rozar la inmortalidad. Si no lo hacían, envejecían y morían como nosotros.

Había algunos que no se alimentaban de humanos, algo de lo que nos habíamos enterado recientemente. Los faes de la corte de verano elegían no hacerlo. Vivían y morían como nosotros, y lo único que querían era que los dejaran en paz y no cruzarse en el camino de sus enemigos, los faes de invierno.

Me llevé una mano a la muñeca, donde tenía una pulsera con una cuenta que, combinada con el hechizo que nos lanzaban cuando nacíamos, servía para bloquear la habilidad de los faes. Nunca, jamás, me la quitaba.

Era un trébol de cuatro hojas.

¿Quién iba a pensar que una plantita así sería capaz de anular algo tan poderoso como a un fae?

Pero hacía una semana, la Orden con los faes de verano lograron lo imposible. Enviaron a la espeluznante reina de invierno, conocida como Morgana, de vuelta al Otro Mundo. Podía regresar, sí, pero nadie esperaba que lo hiciera. Al menos, no durante un tiempo. Puede que no en nuestra época, pero la Orden estaría preparada para cuando aquello ocurriera. Y los faes de verano, también.

Por eso estábamos allí, cenando y celebrándolo los tres. Habíamos sobrevivido a la batalla contra la reina y aquellos que la apoyaban habían vuelto a las cloacas donde se habían estado escondiendo. Ya podíamos respirar y relajarnos sabiendo que, aunque quedasen un montón de faes de invierno sueltos a los que había que detener, al menos habíamos dado un gran paso al derrotar a la reina.

Las cosas estaban como siempre en la Orden, o como casi siempre. Joder, si hasta Ivy y Ren estaban planeando irse de vacaciones después de Navidad. ¿Qué locura era esa? Una muy grande.

Yo no tenía pensado hacerlo, porque en realidad no había participado en la batalla. De ser así, no estaría aquí sentadita, sino criando malvas.

Apenas había recibido entrenamiento en combate hasta los doce años, y luego nada. Y aunque seguía asistiendo a las clases obligatorias de la Orden con Ivy, nunca había entrado en acción. No sabía poner en práctica todo ese conocimiento y usarlo contra alguien que estaba continuamente tratando de matarme.

Si mi vida no hubiese dado un giro drástico a los doce, yo habría sido justo como Ivy y Ren: un arma con patas. Pero todo cambió cuando el fae al que mi madre había estado dando caza la capturó.

Mi madre era cazadora, igual que mi padre, que murió cuando yo era muy pequeña, tanto que solo lo recordaba gracias a las fotografías colgadas en el pasillo. Ella había sido una de las mejores cazadoras de la Orden; y me atrevería a decir que incluso más que Ivy. Me crio pese a tener que hacer todos sus turnos de noche patrullando las calles de Nueva Orleans en busca de faes para darles caza antes de que ellos pudieran hacer lo mismo con los humanos. Cuando era pequeña, juré que sería como ella, al igual que todos los niños que crecíamos en la Orden. Nos adoctrinaban desde que nacíamos y solo nos preparaban para nuestra labor de proteger a la humanidad. La formación empezaba cuando éramos muy pequeños, a los ocho. Las mañanas se dedicaban a las clases más teóricas y las tardes se dividían entre aprender sobre los hábitos de los faes y el entrenamiento físico.

Pero entonces, una mañana, a unos pocos días de cumplir los doce, mi madre... no regresó a casa. Los días posteriores, esos que me parecieron una eternidad, eran de los peores recuerdos que tendré.

Aunque la dieron por muerta, la encontraron al cuarto día en uno de los pantanos ubicado a varios kilómetros de la ciudad. A pesar de lo increíble que era, había caído presa de los faes. La habían torturado. Peor todavía, se habían alimentado de ella. Y aunque no la esclavizaron, la experiencia la había afectado psicológicamente. Gracias a Dios, volvió a casa.

Pero no volvió siendo la misma.

Pasaron unas cuantas semanas en las que parecía que nada le hubiese sucedido, pero entonces las cosas empeoraron. Un día a lo mejor desaparecía de golpe o se negaba a salir de su habitación. Se ponía a gritar enfurecida y luego empezaba a reírse a carcajadas durante horas. Las cosas mejoraron en los meses y años posteriores al incidente, pero para cuidar de ella tuve que dejar el entrenamiento y, cuando cumplí la mayoría de edad, me asignaron un puesto administrativo dentro de la Orden, uno reservado solo para los afortunados que llegaban a jubilarse. Lo acepté, aunque el dinero que la Orden le había pagado a mi madre por «resultar herida en combate» era más que sustancial.

Ahora tenía la esperanza de que eso pudiera cambiar. Las aguas iban a calmarse y esperaba que, con un poco más de entrenamiento, pudiera empezar a patrullar. La Orden me necesitaba; necesitaba toda la ayuda posible porque habían perdido a muchos miembros en la batalla contra la reina. Podría llegar a ser tan buena como Ivy y Ren, y entonces por fin sería capaz de cumplir con mi deber.

Por fin sería... útil. Estaría a la altura de mis amigos y, más importante aún, a la altura del legado de mi familia. Podría...

Unos dedos aparecieron justo frente a mis ojos. Los chasquearon y yo me sobresalté en la silla. Los dedos desaparecieron y vi a Ivy mirándome fijamente.

Se me encendieron las mejillas y solté una risita.

—Lo siento, estaba en mi mundo. ¿Qué decías?

—Que estaba a punto de desnudarme y salir corriendo.

Los ojos verdes de Ren prácticamente centellearon.

—No le veo fisuras a ese plan.

—Claro que no. —Sonriendo, señaló la carta—. ¿Quieres postre, Bri?

Solo Ivy me llamaba Bri. Todos los demás me llamaban Brighton o señorita Jussier. Odiaba eso último. Me hacía sentir como si fuera una sesentona y viviera en una casa llena de gatos callejeros. Tenía veintiocho años y seguía viviendo con mi madre. No necesitaba sentirme peor, gracias.

—No, estoy llena. —Ya le había echado un vistazo a la carta. Si tuvieran tarta de queso, le habría hecho un hueco.

Ren miró la carta por encima y luego sacudió la cabeza mientras se la devolvía a Ivy.

—Oye, ¿vas a dejar que Tink se mude contigo?

Estuve a punto de ahogarme con la Coca-Cola light.

—¿Qué?

Ivy dejó la carta en la mesa y sonrió a la vez que entrelazaba las manos.

—Si Ren y yo nos vamos de vacaciones, Tink va a necesitar a un adulto en su vida.

Abrí la boca, pero no me salieron las palabras. Seguro que les había entendido mal. Era imposible que Tink se viniera a vivir conmigo —a la casa de mi madre, nada menos—, porque no solo la echaría abajo, sino que...

Bueno, que Tink era Tink.

—Y le caes muy bien —añadió Ren—. Hasta te hace caso.

Fruncí el ceño.

—Eso no es cierto. Tink no le hace caso a nadie, ni siquiera a su novio. ¿Por qué no se queda con él?

—Bueno, se lo sugerí y, según palabras textuales de Tink, «aún no está preparado para esa clase de compromiso» —replicó Ren con sequedad.

—Pero si no es ningún compromiso —razoné—. Sería temporal, ¿no?

—Se lo hemos intentado explicar, pero ya sabes cómo es. —Ivy puso los ojos en blanco.

No, no lo sabía. No realmente. Bajé la voz para que nadie nos oyera.

—¿Por qué no se queda en el Hotel Faes Buenos? —Así llamaba Ivy al sitio donde vivían los faes de verano—. Lo adoran. Vamos, casi lo idolatran.

—Se lo sugerimos, pero dijo, y cito textualmente, que no puede ser «él mismo» con ellos. Que su admiración es demasiada presión para él.

Me quedé mirando a Ren.

—Estás de broma, ¿no?

—Más quisiera. —Se reclinó en la silla—. Sabes que no podemos dejarlo solo. Prendería fuego al apartamento de Ivy.

—Se gastaría todo mi dinero comprando mierdas en Amazon —añadió Ivy justo cuando le sonó el teléfono. Agarró el bolso—. Pero, bueno, ya ultimaremos los detalles luego.

Eso no se lo creía ni ella.

—Pero...

—¿Qué pasa, Miles? —Ivy levantó la mano y yo me callé—. ¿Cómo? —Miró a Ren, que estaba atento y con la vista fija en Ivy—. Sí, estamos cerca. Podemos pasarnos. —Hubo una pausa—. Te lo digo en un rato.

Cortó la llamada, sacó la cartera y dijo:

—Miles ha dicho que Gerry no se ha presentado para su turno y que nadie ha podido contactar con él —explicó, y eso no era para nada normal. Gerry siempre era puntual—. Me ha pedido si podíamos pasarnos por su casa a ver qué pasa.

—Claro —respondió Ren mientras Ivy dejaba unos cuantos billetes en la mesa—. Por cierto, creo que Tink ya está con Merle en tu casa.

—¿Qué? —Al instante se me olvidó que Gerry no había aparecido para su turno.

—Sí. Dijo algo como que quería consejos de jardinería o algo así. —Ivy se guardó la cartera en el bolso—. La verdad es que no estaba prestándole mucha atención.

—Ay, Dios. —Busqué rápidamente la cartera mientras me imaginaba a mi madre apuñalando a Tink con cuchillos carniceros—. No puede quedarse a solas con mi madre.

—Creo que a Merle le cae bien Tink —dijo Ivy.

—¿En serio? —Dejé dinero más que suficiente para pagar mi comida y algo de propina—. Depende de si está en tamaño Tink o en el de una persona normal.

—A mí me pasa igual —murmuró Ren, y luego me dedicó una miradita taimada—. Por cierto, creo que a tu madre le gusta Tanner.

Me quedé helada a medio levantarme. Tanner dirigía el Hotel Faes Buenos; era un fae y mi madre... Bueno, a mi madre parecía gustarle ir a verlo, pero también hablaba muy a menudo sobre matar faes de todo tipo. Sacudí la cabeza y decidí que ahora mismo no tenía la capacidad mental suficiente como para procesar todo eso.

—Será mejor que me vaya. A saber en qué líos se meten Tink y mi madre juntos.

—Supongo que en uno de proporciones épicas. —Ivy me sonrió mientras Ren y ella se ponían de pie.

—Totalmente de acuerdo.

Ojalá me hubieran mencionado esto al comienzo de la cena. Me colgué el bolso del hombro y me despedí.

Atravesé el pequeño restaurante, bordeé el árbol de Navidad gigantesco y salí. El viento frío me echó la coleta hacia atrás y alborotó los finos mechones que tenía en la cara. Vivía a unas cuantas manzanas del centro comercial y volver andando era más rápido que pidiendo un Uber.

Metí las manos en el bolsillo delantero de la sudadera extragrande y empecé a correr. El Garden District estaba precioso siempre, pero sobre todo en Navidad. Luces de todos los colores decoraban porches y balcones, rodeaban vallas de hierro e iluminaban los inmensos robles que bordeaban muchas de las calles.

Me parecía increíble que Tink estuviera en mi casa. ¿En qué demonios estaban pensando Ivy y Ren? Mi madre no odiaba a Tink, pero una vez sugirió matar a Ivy en sus narices.

Y todo porque Ivy no era humana del todo, sino semihumana, y según una profecía iba a abrir las puertas del Otro Mundo y a permitir que el ejército de la corte de invierno invadiese nuestro mundo, pero todo eso ya había acabado. Menos mal.

Y Tink tenía de humano lo que yo de duende.

Atajé por un callejón e intenté no dar rienda suelta a la imaginación sobre lo que podría estar sucediendo en casa. Tal vez estuviesen viendo *Harry Potter*. O Tink se hubiese traído a su novio, el príncipe Fabian —uno de los dos príncipes de la corte de verano—, a casa. Dudaba que Tink hubiera llevado al hermano del príncipe Fabian con él. Algo era algo.

Me estremecí cuando una imagen de ese príncipe apareció en mi mente. No lo había visto mientras estaba bajo el hechizo de la reina, disfrazado del príncipe de invierno. Había aterrorizado a la ciudad. Se había convertido en una auténtica pesadilla y hasta había secuestrado a Ivy para cumplir la profecía.

Solo lo había visto después de que el hechizo se rompiera, e incluso entonces me había parecido la criatura más intimidante que hubiera visto nunca. Cuando me miró, no pude evitar sentirme...

—Mamá. —Me detuve de golpe al verla caminar por la acera con la bata de casa que se le abría como si fueran alas—. ¿Qué haces aquí?

Se paró bajo una farola. Su pelo rubio y corto estaba despeinado a causa del viento.

—Ah, me sentía un poco... agobiada y he decidido salir a dar un paseo.

Me acerqué a ella deprisa y le agarré las manos. Estaba helada.

—¿Por qué no te has puesto el abrigo?

—Cariño, no hace tanto frío. —Se rio y me dio un apretón en las manos.

—El suficiente como para que te pongas algo más abrigado que esa bata. Vámonos a casa. —Se me retorció el estómago de los nervios mientras enganchaba el brazo con el de ella y dábamos la vuelta.

Que no pudiera quedarse quieta por la ansiedad normalmente era señal de que íbamos a tener un par de días difíciles. Aparecía de la nada y cualquier cosa podía provocarla. Pasaba de estar lúcida y cuerda durante semanas, e incluso meses, a deambular y tener pesadillas de la nada, a pasarse las noches sin dormir. Las cosas entrarían en un bucle de negatividad.

La preocupación era como un virus. La sentías cuando ya te estabas ahogando en ella.

—¿Cuánto llevas aquí fuera?

—Todo el camino de casa hasta aquí —respondió. Me contuve para no poner los ojos en blanco—. ¿Qué le pasa a mi bata?

Había muchas razones por las que no debería estar caminando por el Garden District con una bata de color turquesa.

Ralenticé el paso para acompasarlo al suyo.

—¿Has recibido alguna visita mientras yo no estaba?

—¿Visita?

Quizá Ivy y Ren se habían equivocado y Tink no estaba allí.

—¿Ha venido Tink? —pregunté. Empecé a ponerme nerviosa.

Mi madre se quedó callada un momento y luego se rio.

—Ahora que lo dices, estaba viendo una peli y luego salió para hacer una llamada.

—Entonces estaba contigo cuando tú...

La luz de la farola titiló y luego se apagó. Vi que todas las de la calle hicieron lo mismo.

—Qué raro —comentó mi madre con un escalofrío—. ¿Brighton?

—No pasa nada —dije, tragando saliva—. Todo va bien.

Una ráfaga de aire helado sopló con fuerza, levantó los bordes de la bata de mi madre y nos detuvo de golpe. Se me erizaron los vellos de la nuca. Escudriñé la calle vacía e iluminada únicamente por las tenues lucecitas de Navidad. Reconocí la señal de «Se vende» delante de la casa abandonada construida antes de la Guerra Civil. Aún nos quedaban dos manzanas para llegar.

—Mamá —susurré, mientras el corazón empezaba a latirme con fuerza. Me puse a caminar otra vez y la arrastré conmigo—. Tenemos que...

Aparecieron de la nada. Se movieron tan rápido que al principio solo alcancé a ver sombras rodeándonos.

Un grito se me quedó atascado en la garganta cuando los vi. Piel plateada. Ojos rebosantes de odio. Cuatro de ellos se nos echaron encima antes de que pudiera abrir los labios siquiera.

Capítulo 2

El sol.

Eso era lo que sentía en mi piel. *El sol.* Su calor se me colaba bajo la piel, corría por mis venas y se asentaba en mis músculos, en mis huesos.

¿Estaba tumbada... al aire libre? No tenía sentido. Era diciembre y no hacía tanto calor como para estar tomando el sol, pero esa era la sensación que tenía. Sentía su roce en la mejilla y los labios me hormigueaban por su cercanía.

Abrí los ojos, pero no lo vi. Lo que sí vi fue una figura masculina. Las facciones estaban un poco borrosas, pero lo conocía. Era él.

El príncipe.

No entendía nada. Tenía la cabeza abotargada. Intenté levantar la mano, pero sentí como si me tiraran del brazo hacia abajo. Pasaba algo raro, muy raro, y necesitaba recordarlo...

«Duerme».

Las ganas de huir intentaron abrirse paso entre la confusión y la conciencia, pero me quedé dormida.

Tenía la sensación de haber estado dormida durante años, y entonces escuché un pitido regular a un volumen tan alto y odioso que no me quedó de otra que centrarme en él. Una parte de mi conciencia se aferró a ese sonido. Me anclé al ritmo.

Me desperté poco a poco. Escuché pasos. Susurros. Voces hablando en voz baja. Inspiré hondo y me quedé atónita; me dolía al respirar. Como si tuviera el pecho y las costillas constreñidas y no pudiese respirar.

«Mamá».

La vi en mi cabeza, tan clara como el agua.

La vi tumbada boca arriba, a oscuras, con los ojos abiertos clavados en mí. Vacíos. Sin vida.

El pitido se aceleró.

La horrible imagen de mi madre se esfumó como el humo y en su lugar aparecieron una piel brillante, sonrisas crueles, provocaciones y...

Charcos de sangre. Literalmente. El líquido rojizo derramándose por la piedra, creando ríos que se colaban por los huecos del asfalto. ¿Por qué había tanta sangre? Noté una ligera calidez y humedad en la garganta.

—¿Bri? ¿Estás despierta? ¿Brighton?

Reconocí esa voz. Ivy. Me estaba hablando. Inspiré de nuevo y me alegré de que no me hubiese dolido tanto como la vez anterior. Pero... sentía el cuerpo raro. Como si lo tuviese hinchado o demasiado estirado. La piel, igual.

Además, me costó la vida abrir los ojos. Horas, tal vez. Pero, cuando lo hice, me descubrí observando un falso techo y unas luces fluorescentes.

—Bri. —Ivy me volvió a llamar y sus dedos me acariciaron la mano izquierda con suavidad.

Despacio, giré la cabeza hacia su voz, a mi izquierda, y vi su cara pálida y demacrada. Llevaba el pelo recogido en un moño y tenía los ojos rojos, hinchados y cargados de compasión.

De repente, lo supe.

Me acordé.

Los faes aparecieron de la nada y nos rodearon a mi madre y a mí. Nos arrastraron hasta el jardín de la casa vacía. Me equivoqué; no fueron cuatro, sino cinco, y uno era un antiguo.

Tragué saliva, o por lo menos lo intenté, porque me dolía la garganta. Lo cierto era que me dolía todo. Las piernas, la cara, pero sobre todo el estómago. Sentí como si alguien me hubiese hurgado por dentro y me hubiese sacado las entrañas.

Ivy me agarró la mano y me dio un ligero apretón.

—¿Te duele? Puedo llamar al médico si quieres.

Cerré los ojos con fuerza y vi destellos de una dentadura y unas garras afiladas en mi mente. Los faes no necesitaban usar los dientes para alimentarse, pero les gustaba infligir dolor en sus presas.

—Mamá —murmuré a duras penas, y la mano de Ivy se sacudió contra la mía. Al ver que no respondía, me obligué a abrir los ojos de nuevo—. ¿Ha... ha muerto?

Ivy apretó los labios y asintió bruscamente.

—Lo siento mucho, Bri.

Desvié la mirada hacia nuestras manos. En lugar de ver la suya, vi la de mi madre apretando la mía, empapada de sangre. Vi cómo me la soltaba al tiempo que se quedaba sin fuerzas.

—Atacaron varios puntos de la ciudad —me informó Ivy mientras me agarraba también con la otra mano, cobijando la mía entre las suyas—. Por eso Gerry no se presentó para su turno. Ren y yo dimos con él y caímos en la cuenta. —La voz se le puso ronca al decir los nombres de todos a los que habían asesinado. Había tantos que la lista parecía no acabar nunca—. Seguro que nos estuvieron vigilando. Sabían a dónde ir. Tanta violencia en una sola noche...

Ivy se tapó la cara con las manos, pero no le presté atención. Estaba visualizando las cinco caras en mi mente. Jamás las olvidaría.

—Te pondrás bien. El médico dice que es un milagro, pero que te recuperarás —me informó—. Seguramente tengas que quedarte aquí un par de días y después podrás volver a casa conmigo, si quieres. Tink dice que puedes dormir en su cuarto...

—No... no pude detenerlos.

—¿Qué? —Ivy alzó la cabeza. Tenía la mirada vidriosa.

—No pude luchar contra ellos.

Ella sacudió la cabeza muy despacio.

—Bri, os estaban dando caza y...

—¡No pude detenerlos! —El grito no le hizo bien a mi garganta ya de por sí en carne viva, pero me dio igual—. ¡Mataron a mi madre y no pude detenerlos!

—No. —Ivy se levantó y se inclinó sobre el cabecero de la cama para acercar su rostro al mío—. Sé lo que se te está pasando por la cabeza. No es culpa tuya, créeme. Si a mí me encontrasen con la guardia baja y me acorralasen de esa manera, yo también habría mordido el polvo.

Discrepaba. Ivy habría luchado con uñas y dientes. No habría entrado en pánico ni se hubiese puesto como loca. No habría permitido que la tumbaran en el suelo, que era lo primero que nos enseñaban a evitar en el entrenamiento. Tal vez le hubiese costado, pero estaba segura de que lo habría logrado.

—Lo que os hicieron a tu madre y a ti es culpa suya. —Ivy posó las yemas de los dedos en mi mejilla muy suavemente, como si supiese que, si apretaba, me dolería—. No podrías haber hecho nada, Bri. Nada. Has sobrevivido. Eso es lo único que importa. Todo irá bien, de verdad.

Me la quedé mirando; yo le había dicho esas mismas palabras a mi madre. Aquello había sido mentira, y por eso supe que esto también. Importaban muchas más cosas aparte de que hubiera sobrevivido, y sabía que ya nada iría bien.

Las cosas jamás volverían a ir bien.

Capítulo 3

Dos años después...

El ritmo pesado y acompasado de los altavoces inundaba la pista abarrotada de gente. Los cuerpos se retorcían y se sacudían bajo las luces del techo, sumergidos en la música y pegados piel contra piel. El olor a perfume, colonia y sudor me revolvía el estómago. Levanté las manos y me aparté los largos mechones de pelo del cuello empapado.

Esta noche era una pelirroja alocada con los labios rojos y brillantes.

Anoche fui una morena seductora con los ojos ahumados.

El fin de semana pasado, una rubia inocente con coletas y las mejillas ruborizadas.

En cada ocasión era alguien diferente, pero siempre la víctima perfecta, y todas las noches terminaban igual.

Moví las caderas al ritmo de la música contra el cuerpo cálido a mi espalda mientras barría la pista de baile con la mirada.

Unas manos se movieron por encima de las lentejuelas plateadas de mi vestido y se detuvieron en mi vientre. El hombre me estrechó contra él y pegó su pecho a mi espalda.

Se estaba viniendo *muy* arriba.

Movió las manos hasta mis caderas y las acercó peligrosamente a mis muslos. Me solté el pelo y le agarré las muñecas a la vez que le sonreía por encima del hombro.

—Pórtate bien.

El hombre me dedicó una sonrisita genuina. Era guapo y bastante más joven que yo; le sacaba mínimo una década. Probablemente estudiara en la Universidad de Loyola o Tulane, lo cual significaba dos cosas. Que se ahogaría con su propia saliva si se enterase de que iba camino de los treinta y uno y que este era el último lugar donde debería estar. Me entraron ganas de advertirle, de decirle que buscara pasarlo bien en cualquier otro lugar menos en el club Flux.

Pero no había venido aquí por él.

Sin soltarle las muñecas, eché la cabeza hacia atrás para apoyarla contra su pecho y no perder de vista la pista de baile o la barra con forma de herradura junto a la entrada. No podía ver el interior de los reservados a oscuras que rodeaban la pista o los del piso superior, los del área VIP de la segunda planta.

Ahí tenía que ir, porque sabía que *él* estaría allí.

Un hombre rechoncho bloqueaba las escaleras. A su espalda vi una cuerda roja. Solo se podía acceder a la segunda planta por invitación, y los que estaban allí arriba no se mezclaban con los de abajo. Mandaban a sus esbirros, que sabían muy bien a qué tipo de humanos buscar.

Y yo era el claro ejemplo de una presa fácil.

Había llegado el momento.

—Oye —me dijo el hombre al oído.

Yo seguí barriendo el local con la mirada.

—¿Sí?

—¿Cómo te llamas? Yo soy Dale. —Trató de mover las manos otra vez, pero yo las mantuve quietas en mis caderas.

—Sally —mentí mientras una mujer esbelta y alta en la barra se giró hacia la pista con una copa llena de un líquido púrpura intenso en la mano. Belladona. Se llevó la bebida a los labios sin perder ojo de la pista.

Había encontrado a quien estaba buscando, y la veía tal y como era.

—¿Quieres que salgamos de aquí, Sally? —preguntó Dale rozándome el cuello con los labios—. Conozco un sitio al que podemos ir.

—No, gracias. —Le solté las muñecas, me aparté de él y me abrí paso entre los cuerpos apiñados antes de que su grosera y sorprendida respuesta pudiese afectarme.

Sin quitarle el ojo de encima a la mujer, bordeé a una pareja que estaba prácticamente follando en medio de la pista. No sabía dónde empezaba uno y terminaba el otro.

Dios santo.

Pasé junto a una mesa alta y redonda, tomé una copa olvidada y medio vacía con un líquido rosa y zigzagueé hacia la barra. Me aparté de la maraña de personas, ralenticé el paso y esbocé una sonrisa relajada a la vez que me acercaba a la mujer. Ella no me estaba prestando atención, tenía la vista fija en dos chicas universitarias que no dejaban de bailar y reírse, claramente borrachas. Se encaminó hacia ellas.

Balanceé la copa entre mis dedos, tropecé a conciencia y me choqué contra ella.

La mujer se giró hacia mí con un movimiento lento y calculado, como una serpiente. Curvó los labios en una sonrisa mordaz y bajó la copa de belladona. Para el resto del club, su sonrisa era completamente normal, pero para mí... Vi los afilados incisivos a cada lado de su boca. No eran colmillos, sino dientes afiladísimos como la obsidiana que atravesarían la carne sin problema.

—Lo siento mucho —me disculpé por encima de la música mientras me tambaleaba y colocaba la mano libre sobre su brazo—. Me han empujado. *Uf.* La gente es tan maleducada.

Ella enarcó una ceja oscura.

—¿Qué bebes? ¡Tiene una pinta increíble!

La mujer ladeó la cabeza y me dio un repaso con sus pálidos ojos azules. Me miró de arriba abajo, desde el espeso cabello pelirrojo hasta los labios rojos y el escote de mi vestido plateado que no dejaba nada a la imaginación. Debió de gustarle lo que vio, porque una sonrisa hermética reemplazó la mueca anterior.

—Es demasiado fuerte para ti.

—¿En serio? —Me mordí el labio inferior—. Vaya... A mí me gustan las bebidas fuertes.

—¿No me digas? —Asentí y la mujer se me acercó un poco más. Medíamos lo mismo, así que nuestros ojos quedaron a la misma altura—. ¿Cómo de fuertes?

—Mucho —repetí, obligándome a sostenerle la mirada mientras me reía por lo bajo.

Ella ladeó la cabeza un poco más.

—Puede que tenga algo para ti. ¿Estás sola?

—Mis amigos se han ido ya. Yo estaba a punto de marcharme, pero... creo que puedo quedarme una hora más.

—Genial. —Sus pupilas negras se contrajeron durante un breve instante. Aunque no todo el mundo se habría dado cuenta, yo sí. Sabía lo que estaba haciendo: embelesándome. Me obligué a relajar los músculos y a dejar de sonreír de forma entusiasta. Me quedé plantada frente a la mujer sin más, en silencio, aguardando. Entonces ella se inclinó y rozó mis labios con los suyos antes de susurrar—: Acompáñame.

Me tomó la copa prestada de la mano y la dejó en la barra a nuestro lado antes de agarrarme de la mano. La tenía fría. Rodeó la barra rápido y con decisión, y me llevó hasta las escaleras.

Premio.

El hombre delante de ellas se apartó y, a juzgar por su expresión vacía, supe que era un humano del que se habían estado alimentando hasta someterlo. Y que era tan peligroso e impredecible como ellos mismos.

La mujer me condujo por las amplias escaleras en espiral agarrándome de la mano con fuerza. Al llegar arriba, giró a la derecha, hacia un balcón apenas iluminado. Tras beberse la mitad de la copa de belladona, una bebida tóxica para los humanos pero parecida al tequila para los faes, me guio hasta unos sofás y un sillón ocupados. Distinguí a varios faes, todos con un humano hipnotizado a su lado o en el regazo. Era bastante probable que esta noche ninguno de ellos saliera de aquí con vida.

—Mira lo que he encontrado, Tobias. —La mujer me empujó hacia delante con una fuerza que no correspondía a su figura esbelta y yo me dejé, e incluso hice como que tropezaba. La fae me agarró del brazo y evitó que cayera de bruces al suelo.

Levanté la mirada y entonces *lo vi*.

Estaba sentado en un sofá pequeño y negro, con los brazos y las piernas abiertos con arrogancia. Vi su fachada humana por un brevísimo instante. La piel pálida dio paso a otra más plateada, aunque su pelo y facciones no cambiaron. Era guapo y rubio; parecía un universitario normal y corriente con la piel plateada y las orejas puntiagudas. No cabía duda de que era uno de *ellos*.

Y ahora ya tenía un nombre que asociar a la cara que nunca olvidaría.

Tobias.

La anticipación me recorrió de pies a cabeza y se me pusieron los vellos de punta. Era él. Habían sido cinco en total y él era uno de los tres que quedaban.

—Qué bien me tratas siempre, Alyssa —dijo, escrutándome de arriba abajo con sus ojos color azul pálido—. Sabes que me encantan las pelirrojas.

—Que te encantan. —La mujer fae llamada Alyssa me soltó el brazo—. Dirás más bien que te la ponen dura.

Ay, madre.

Me mantuve impasible mientras Tobias sacudía la barbilla. Que me dieran un Óscar, en serio. Otro fae apareció de entre las sombras. Era alto y me costó la misma vida no encogerme en el sitio cuando me manoseó la espalda y el pecho en busca de armas. Los faes se habían vuelto más listos durante estos dos últimos años.

Pero nosotros también.

Las manos del fae me cachearon las piernas a conciencia y luego las caderas. Sus dedos pasaron por encima de la pulsera ancha que llevaba en la muñeca.

—Está limpia.

—Bien. —Tobias se inclinó hacia delante—. Ven aquí, pelirroja.

Me obligué a avanzar despacio y de forma irregular. Acepté la mano que me tendió, aunque tocarlo me asqueó.

Tobias no me sentó en su regazo como esperaba. En cambio, se levantó del sofá.

—¿A qué hora llega Aric?

¿Aric? Ese nombre no me sonaba; pero, claro, tampoco es que saliera mucho con los faes psicóticos y asesinos de invierno.

—Tienes como mucho una hora. —Alyssa se desplomó en el sofá—. Aprovéchala bien.

—Lo haré. —Envolvió mi cintura con un brazo y me pegó contra su pecho. Olía bien. Como a menta. Realmente todos olían bien y eran atractivos. Y este fae evidentemente tenía ganas de algo más que alimentarse, que era lo que yo precisamente quería—. ¿Quieres ir después?

—Vale —concedió la mujer—. Si es que queda algo, claro.

Tobias me levantó sin previo aviso y me echó por encima del hombro como un maldito neandertal que reclama su premio. No oponer resistencia me provocó sarpullidos. Recorrió una pequeña distancia, abrió una puerta y entramos a una habitación en la que me imaginaba que ocurrían muchísimas cosas horribles. Cerró la puerta de una patada y oí el pestillo cerrarse sin que siquiera lo tocara.

Llevó una mano a mi culo mientras me bajaba al suelo. Algunos mechones rojos me tapaban la cara, y me quedé inmóvil mientras él me los apartaba y colocaba detrás de las orejas.

—¿Sabes por qué me gustan las pelirrojas? No, por supuesto que no.

Parpadeé despacio, inspeccionando la estancia conforme me soltaba. Había una silla. Una cama que parecía... bueno, usada. Se me revolvió el estómago y me entraron ganas de vomitar. Pero él no se dirigió a ella, sino que se encaminó hacia la silla, que parecía más bien un trono con todo ese tapizado de terciopelo. Se sentó y me miró.

—Venga. No seas tímida. —Aquellos ojos pálidos parecieron arder—. Conozcámonos un poco, ¿no?

—Vale —susurré.

Sus labios se curvaron en una media sonrisa a la vez que me señaló que me acercara con un dedo.

—Pues ven aquí.

Me obligué a sonreír mientras me acercaba a él. El grito que ahogué fue real cuando me agarró de las caderas y me sentó sobre su regazo, lo cual hizo que la falda se me levantara por los muslos. Jugueteó con los tirantes de mi vestido y delineó el pronunciado escote en V.

—¿Me deseas? —preguntó.

Esa pregunta era extraña e innecesaria. Supongo que sufría de baja autoestima o algo.

—Sí.

—Me dejarás que te haga lo que quiera, ¿verdad?

Me obligué a asentir.

—*Sí.*

—Entonces, tócame —me ordenó con suavidad.

Apreté la mandíbula cuando posé las manos sobre sus hombros y las deslicé por su pecho.

—Lo cierto es que, en realidad, no me gustan las pelirrojas. —Soltó la mano rapidísimo y me agarró fuerte del cuello—. Las odio.

Mierda.

Apretó los dedos sin demasiado miramiento, hincándomelos en la tráquea a la vez que me acercaba hacia él. Su aliento helado me rozó los labios mientras me encogía de dolor.

—Te preguntarás por qué. —Movió la otra mano y la deslizó por mi espalda en sentido descendente—. Porque me recuerdan a la puta semihumana.

Sabía exactamente a quién se refería.

Ivy Morgan; bueno, ahora era Ivy Owens, ya que se había casado en estas Navidades con Ren.

Antes de poder procesar lo que estaba haciendo, su boca helada cubrió la mía. Labios. Dientes. Lengua. Fue duro y brutal, y me pregunté si sabía besar o si le importaba siquiera. Me soltó la garganta, donde me supuse que luego me saldrían moratones.

Me quedé inmóvil mientras deslizaba los tirantes del vestido por mis brazos, dominada por una de las emociones más poderosas conocidas por el hombre.

La venganza.

Estaba tan cerca de vengarme que casi podía saborear la amarga dulzura en la punta de la lengua. Derritió el hielo que su beso había dejado allí.

La parte superior del vestido cayó sobre mis caderas y el sujetador sin tirantes negro que llevaba —y que era incomodísimo— quedó a la vista. Clavé la mirada en el techo mientras sus labios fríos descendían por mi cuello y luego más abajo aún, por la curva de mi pecho. Me obligué a permanecer relajada incluso cuando las puntas de los dedos se deslizaron por mis costados hasta donde el vestido se había agolpado. Sus dedos rozaron la fina cadenita de plata que me rodeaba las caderas.

Tobias se echó hacia atrás y yo casi pude sentir su mirada recorrer mi pecho y luego mi estómago, y supe lo que vio. No una piel suave e impoluta, sino las cicatrices pálidas y brillantes que me cubrían todo el abdomen. Eran marcas de dientes. Muchísimas habían sanado y cicatrizado con una tonalidad o dos más clara que mi piel normal. También había surcos profundos producidos por sus garras afiladas. Todo ello era un claro recordatorio de aquella noche hacía casi dos años cuando los faes que habían apoyado a la reina de invierno buscaron venganza y empezaron a masacrar a todos los que se les pusieron por delante. Ni siquiera se alimentaron de nosotros. Simplemente buscaron hacernos daño.

Y lo hicieron.

La noche en que mi madre, que ya había sufrido mucho a manos de los faes, había muerto casi destrozada por culpa de sus dientes y garras.

La noche en que yo tendría que haber muerto.

Sus manos me apretaron las caderas y sus dedos se me clavaron en la piel.

—¿Qué demonios?

Bajé la barbilla mientras él tiraba de la cadena y liberaba un pequeño medallón circular de debajo del vestido. Supe el momento exacto en el que reconoció el trébol de cuatro hojas. Tobias sabía lo que eso significaba.

Que su influjo no me afectaba.

Su mirada pálida y furiosa voló de golpe a la mía. Y entonces sonreí.

—¿Te acuerdas de mí?

Al reconocerme, tensó sus duros músculos bajo mi cuerpo, pero ahora era más rápida que aquella noche, más rápida que nunca, y la Orden se había vuelto más inteligente a la hora de ocultar nuestras armas. Retorcí la muñeca derecha y de la pulsera emergió una mortífera estaca de hierro plegable que se deslizó por encima de la palma de mi mano. Lo agarré del hombro, moví el brazo derecho y le clavé la estaca de hierro bien adentro en el pecho.

Abrió los labios de la sorpresa a la vez que pronunciaba un «Zorra».

—Sí.

Y entonces sucedió.

En cuestión de un segundo, el asqueroso fae se desplomó encorvado sobre sí mismo y regresó al Otro Mundo, donde permanecería encerrado y muerto en lo que a mí respectaba. Caí hacia delante, pero me sujeté a la silla y apoyé las rodillas en el almohadón. Recogí la estaca y oí el *clic* cuando volvió a retraerse en la pulsera.

Respiré hondo y contuve el aire a la vez que cerraba los ojos. Habían sido cinco los que nos atacaron a mi madre y a mí. Cinco que habían atacado a una mujer mayor y a su hija. Tres de ellos ya estaban muertos, o como si lo estuvieran. Solo quedaban dos. Un fae y un...

Oí un extraño golpe contra la pared exterior y abrí los ojos de repente. Me separé del respaldo de la silla, me giré y me recoloqué los tirantes del vestido. Alguien gritó y luego el sonido del pestillo al abrirse desde fuera resonó como un cañón en la habitación.

Mierda. No había planeado que alguien viniera tan rápido. Necesitaba tiempo para...

La puerta se abrió y el terror se apoderó de mi pecho cuando vi quién ocupaba todo el espacio del umbral. Era...

Era *el príncipe.*

CAPÍTULO 4

Los faes ya no me daban miedo, no como antes, pero este... este me aterrorizaba y me fascinaba a partes iguales, cosa que ni llegaba a comprender ni me molestaba siquiera en intentarlo.

Se me atascó la respiración en la garganta cuando clavó los ojos en mí, y no me hizo falta fingir fascinación. Permanecí inmóvil, como si unas enredaderas invisibles me mantuvieran atada a la silla.

Parecía llevar una eternidad sin verlo, y ni siquiera estaba segura de haberlo visto en el hospital después del ataque o si solo había sido una extraña alucinación. Me habían inyectado una gran cantidad de medicamentos fuertes. Tampoco sabía si seguía en Nueva Orleans. Había supuesto que se habría marchado a Florida, a la comunidad que supervisaba su hermano.

El príncipe era un antiguo, un hada que había vivido durante cientos de años, si no más. Los antiguos eran capaces de hacer muchísimas más cosas que los faes normales y matarlos resultaba casi imposible. Apuñalarlos con hierro solo los cabreaba. Tampoco se los podía mandar al Otro Mundo. Había que matarlos, y la única manera de conseguirlo era decapitándolos.

Así que buena suerte con eso.

Los antiguos eran las hadas más poderosas y podían ser caballeros, príncipes, princesas o reinas.

O un rey.

No parecían faes. Su piel no era plateada y apenas tenían las orejas puntiagudas, lo que los ayudaba a mimetizarse con los humanos y a evitar que la Orden los detectara hasta que ya fuera demasiado tarde.

Se suponía que él era de los buenos, pero entonces, ¿por qué demonios estaba aquí, en el Flux, un club frecuentado por el enemigo? *Su* enemigo.

El príncipe ladeó la cabeza dorada y yo sentí cómo el corazón me martilleaba contra las costillas. ¿Me había reconocido? Imposible. Además de la peluca, iba bien disfrazada. Había descubierto lo bien que se me daba el maquillaje y me había cambiado los rasgos contorneándolos.

Era imposible que supiese que era yo porque jamás se había fijado en mí. Nadie lo hacía. Era como un fantasma al que nadie le hacía caso. Aquello seguía igual tras el ataque, y era muy irónico que lo único que odiaba de mí misma —la facilidad con que me mimetizaba— se hubiera convertido en mi mejor baza.

Obligué a mi corazón a latir más despacio, pero en cuanto cerró la puerta a su espalda, se me quedó atascado en la garganta. Se suponía que era de los buenos, pero aquí estaba, y si había que luchar, tendría pocas posibilidades de ganar.

O de encajarle un golpe siquiera.

—Estás sola. —Su voz... Dios, era grave, melódica y con un acento extraño que me recordaba a las luces titilantes y a las flores exuberantes—. ¿Estás sola? —repitió.

Fingí estar cautivada y murmuré.

—¿Sí?

—¿No me digas...? —Se acercó bajo la tenue luz del techo. Era..., Dios, era tan guapo.

El pelo rubio le rozaba los hombros anchos y enmarcaba unos pómulos angulosos y una mandíbula que bien podrían haber pertenecido a una estatua. Tenía las cejas unos cuantos tonos más oscuros que el pelo y la nariz recta, aristocrática. En ese momento apretaba los labios, expresivos y carnosos. No había hechizo que disipar. Así era en realidad, un ejemplo de perfección inhumana diseñado para cautivar a sus presas.

Mi corazón siguió martilleando a la vez que dejaba la vista fija en el mismo punto.

—Estabas aquí con alguien.

Dios, era muy probable que empezase a vomitar.

—¿A dónde ha ido? —Se había colocado frente a mí, a unos pocos metros de distancia.

—¿No... no lo sé? —lo formulé como una pregunta, como hablarían los humanos embelesados.

—¿De verdad? —repuso con voz burlona.

Comencé a sudar. No parecía creer nada de lo que le decía, así que no respondí. Me quedé contemplando su pecho y estómago, o más bien el torso perfectamente definido que escondía bajo la camiseta térmica negra que llevaba.

—Mírame. —Su voz fue como el chasquido de un trueno, y sentí como si estuviera en trance.

Alcé la mirada y al momento deseé no haberlo hecho. Yo no era muy baja, pero aunque hubiera estado de pie, me habría sacado bastante altura. El príncipe medía unos dos metros y todo él intimidaba. Incliné la cabeza bastante hacia atrás.

Sus ojos... eran de un azul tan pálido que contrastaba con las pupilas negras y las pestañas tupidas. Los únicos con ojos así eran los faes.

Su expresión cambió durante un breve instante, pero fue tan fugaz que no tuve tiempo de descifrarla.

—¿Cómo te llamas?

—Sally —respondí con voz ronca. Tenía la garganta seca.

—¿Seguro? Qué... raro.

Si me reconocía, podían pasar dos cosas. Una, que no formase parte del equipo de los faes buenos y me matase —porque no habría manera de ganar al príncipe (menuda mierda)—; o, dos, que me sacase de allí e informara a la Orden de lo que estaba haciendo, con lo que todo llegaría a su fin. No podía dejar que sucediese ni lo uno ni lo otro. No cuando solo me quedaban dos hadas para terminar de cobrarme mi venganza.

Estiró el brazo antes de que me diese cuenta siquiera. Cerró sus dedos cálidos en torno a mi antebrazo y sentí una sacudida parecida a la electricidad estática que se generaba al arrastrar los pies en una alfombra. Ojeó la pulsera con una sonrisa burlona. ¿Reconocería el príncipe lo que era? No tenía ni idea.

Entonces, clavó los ojos en los míos al tiempo que posaba dos dedos bajo mi barbilla y me instaba a ladear la cabeza aún más. Hizo un ruidito muy similar al gruñido de un animal y a mí se me cayó el alma a los pies. Tras un largo y tenso momento, apartó los dedos.

—Estoy seguro de que has venido con la persona que estoy buscando, Sally. —Metió el pulgar bajo la pulsera que llevaba—. Los de fuera me han dicho que se encuentra aquí. —Se calló un momento—. Aunque lo cierto es que no van a poder confirmarlo.

¿A qué se refería con eso?

Me acordé del golpe extraño contra la pared. ¿Le había hecho algo a los faes de fuera?

—Estaba aquí, pero ya no. —Movió el pulgar despacio y en círculos por mi piel, provocando que me estremeciera—. ¿Qué le habrá pasado? Solo hay una ventana pequeña detrás de ti, pero dudo que fuera capaz de salir por ahí. Es como si... se hubiera esfumado.

En parte, sí.

—Qué decepción, con la de cosas que necesitaba comentarle.

Tenía tantas ganas de saber de qué iban a hablar el «reformado» príncipe de verano con un hada de invierno. Deslizó la mano hasta empezar a trazar círculos en la parte interior del codo, justo bajo la cicatriz de otro mordisco. Una marca que Tobias habría visto de no haber sido tan arrogante y estúpido.

—Sally, Sally... ¿Qué voy a hacer contigo? —murmuró, entrecerrando aquellos ojos pálidos y lobunos enmarcados por unas pestañas tupidas.

No me gustó nada aquella pregunta. Me estaba tocando de tal forma que se acercaba peligrosamente a la pulsera... ¿Por qué me estremecía en lugar de querer arrancarme la piel que estaba acariciando?

Culpaba a su sorprendente apariencia de mi reacción.

Al ver que no respondía, curvó la comisura de la boca en un amago de sonrisa.

—Levántate.

Como no sabía si se había tragado que estuviera hechizada, me estremecí a la vez que me ponía de pie. Agradecí el cambio de postura; ya no lo estaba mirando a los ojos, sino al pecho.

—¿De dónde eres, Sally?

La pregunta me tomó por sorpresa, por lo que tardé un instante en responder.

—Lafayette —respondí. Supuse que mi acento dejaría entrever que era del sur.

—¿Lafayette? —Posó la otra mano en mi cintura y yo pegué un salto.

Mierda.

Un humano embelesado no reaccionaría. Seguro que sabía que estaba fingiendo, aunque no tenía por qué saber quién era en realidad. Suponía que no, vaya; apenas me había visto un par de veces y en ambas mi aspecto no se parecía en nada al de ahora.

Volví a temblar y supe que lo había sentido porque me agarró con más fuerza, arrugando la tela del vestido.

—Hay algo en ti que me resulta muy interesante, Sally de Lafayette —comentó, y un instante después pegó mi cuerpo al suyo.

El contacto me sorprendió sobremanera y, al inspirar, capté su aroma a tormentas de verano y playas paradisíacas. Me ardió la piel y sentí un cosquilleo. La reacción fue rauda y potente. Deslizó la mano hasta la mitad de mi espalda y yo aguanté la respiración.

¿Qué demonios estaba pasando? ¿Acaso él...?

—Tu pulso... —Subió la mano por mi columna hasta enredar los dedos en los mechones rizados de la nuca. Sentí su aliento cálido contra mi rostro cuando tiró de mi cabeza hacia atrás y acarició mi piel con el pulgar para sentir el pulso en mi garganta.

Me giró sin preámbulos. El corazón me dio un vuelco cuando me volvió a pegar contra él. Inspiré de manera entrecortada. Era muy consciente de sus fuertes músculos y... joder, de otra cosa equitativamente proporcional a su cuerpo. Quise fingir por todos los medios no haber notado eso último.

Al igual que tampoco quería fingir el vuelco que había sentido en el estómago y el calor que empezó a inundarme la zona bajo mi vientre. No me atraía. Para nada. Porque, además de aquel calor, también sentía miedo.

El príncipe me apartó el pelo de la nuca y posó los dedos contra los músculos tensos en un intento por aliviar la tensión.

¿Qué diablos estaba haciendo?

Jamás me habían dado un masaje en el cuello. Lo cierto era que odiaba que la gente me tocase, pero esto... esto me encantó. A regañadientes, arqueé el cuello mientras el calor se extendía cada vez más abajo. Mi cuerpo pareció tensarse y relajarse al mismo tiempo.

Tenía que parar esto. Ya.

Cerré los ojos cuando deslizó la mano desde mi cuello hasta mi brazo laxo. Se detuvo allí antes de descender hasta mi cadera. Se me aceleró el pulso como respuesta a aquella leve caricia prohibida.

Aunque noté su respiración en mi mejilla, no dije nada. Podía detenerlo. Sabía que podría. O, al menos, podría intentarlo.

Pero no lo hice.

Su mano descendió por mi estómago y llegó bajo el ombligo. Temblando, me pegué más a él. Mucho más. Aguanté la respiración cuando sentí algo extraño. Fue como si mis sentidos se agudizaran a la vez, volviendo a la vida y abrasándome por dentro.

Su mano bajó hasta la parte delantera de mi vestido, justo encima de donde empezaba a sentir una gran necesidad. Gruñó profundamente y habló contra la piel sonrojada de mi cuello:

—Tienes el pulso muy acelerado... demasiado como para estar hechizada.

Mierda.

Tal vez el príncipe no me reconociese, pero sí que sabía que no estaba bajo el influjo de su encanto. El instinto de supervivencia se antepuso al calor que sentía mi cuerpo.

Hacía dos años habría huido. Eso era lo único de lo que habría sido capaz. Ya no. Un instinto totalmente distinto se apoderó de mí, uno que había desarrollado hacía poco. No tenía ni idea de por qué el príncipe estaba aquí, en zona enemiga, y no estaba dispuesta a arriesgarme a averiguarlo ni tampoco a que me descubriera.

Me di la vuelta, lo agarré del antebrazo, me agaché y me giré para liberarme de su agarre. Vi el destello de sorpresa en su rostro antes de voltearme hacia él. Aún con su brazo agarrado, usé su peso como apoyo antes de inclinarme hacia atrás. Apoyé la pierna izquierda atrás, levanté la derecha y lo golpeé en el abdomen con la rodilla.

El príncipe gruñó y me soltó, pero no se movió ni un ápice. Ese tipo de patada habría tumbado a un humano. Seguramente hasta habría hecho retroceder a un fae normal, pero no a un antiguo. Alzó la barbilla con los ojos entrecerrados y cargados de irritación.

—Eso no hacía falta —dijo, irguiéndose.

Pues todavía no había visto nada.

Me giré y agarré la silla. Me sorprendió lo mucho que pesaba. Gruñí y la levanté, lista para estampársela en la cabeza. El impacto no lo mataría, pero me daría la oportunidad de escapar sin tener que responderle.

La velocidad con que el príncipe se movió fue impresionante.

Ni siquiera lo vi alzar la mano. De repente lo encontré sujetando una pata de la silla. Me la arrebató y la arrojó a un lado. La silla se estrelló contra la pared y se partió en tres.

Mierda.

Ladeó la cabeza con los labios apretados.

—Voy a achacarlo a que el miedo te ha hecho cometer una estupidez y...

Estiré el brazo, pero él se movió hacia la izquierda, así que mi codo apenas le rozó el pecho. Se acercó a mí maldiciendo por lo bajo. Antes de poder tomar aire siquiera, ya había colocado las manos en mis hombros. Mi espalda chocó con la pared y me vi arrinconada contra él. Empecé a sentir pánico, pero lo reprimí. Hice amago de levantar la pierna para golpearle donde más daño le haría, pero pegó sus caderas a mi cuerpo y me separó los muslos con el suyo.

—Menuda estupidez. —Y añadió—: Aunque debo admitir que me excita.

Espera, ¿qué?

—Pero eso no viene al caso. —Me agarró de la barbilla y pegó mi nuca a la pared. Estableció contacto visual—. ¿Estás loca? ¿Sabes lo poco que me costaría matarte?

Tenía el corazón desbocado. Mantuve el pico cerrado y lo fulminé con la mirada.

—¿Lo sabes? —repitió, con los ojos echando chispas a causa de la ira y... de algo más—. Contéstame.

—Sí —escupí.

—¿Y aun así me atacas? —Me acarició la barbilla con el pulgar—. ¿Aunque yo no he intentado hacerte nada?

Yo no diría eso. Me había agarrado, cosa que no me gustaba.

—Creo que ya sé lo que le ha pasado a Tobias.

Me dolía la mandíbula de lo mucho que la estaba apretando.

Estaba furioso, pero cuando entrecerró la mirada, juraría que la desvió a mi boca. Volvió a maldecir y, de repente, me dejó libre. No esperaba que lo hiciera. Me tambaleé y él me tomó del brazo y me enderezó inmediatamente antes de soltarme como si al tocarme se hubiese quemado.

—Vete —gruñó—. Vete antes de que haga algo de lo que nos arrepintamos los dos.

No hacía falta que me lo repitiera.

Retrocedí, di media vuelta y eché a correr.

CAPÍTULO 5

La preciosa casa en la que crecí, construida antes de la Guerra Civil, se encontraba en mitad del Garden District. Con su porche de entrada múltiple, el balcón de la segunda planta y el jardín en el que mi madre y yo habíamos pasado tantísimas tardes soleadas, era una de las casas que parecían provenir directamente del pasado; a excepción de la cocina y los dormitorios, que los habíamos renovado hacía unos cinco años.

Había días en los que pensaba en venderla y mudarme a cualquier otro lugar que no fuera este, por mucho que hubiese nacido aquí y Nueva Orleans formara parte de mi sangre tanto como la Orden. Si la quisiese vender, sabía que la casa no duraría ni un segundo en el mercado, pero tampoco me veía preparada para dejarla marchar. No cuando aún atesoraba todos aquellos buenos recuerdos.

Pero en noches como esta, en las que me sentía inquieta y agotada mientras abría la puerta principal que mi madre había decidido pintar de azul, me asolaron los malos recuerdos.

El ataque había ocurrido a menos de dos manzanas de aquí. Habíamos estado tan cerca de regresar... Tenía que pensar que eso habría marcado la diferencia. Tink había estado aquí.

Pero, bueno, si yo no hubiera entrado en pánico y hubiese luchado en vez de sacudirme y patalear como un insecto atrapado, eso también habría marcado la diferencia.

Me tragué el nudo amargo de emociones, abrí la puerta y entré antes de cerrar con llave. La lámpara de la entrada estaba encendida y arrojaba un brillo suave sobre el salón que había a la derecha, una habitación que literalmente nadie usaba, y una estantería rojiza de madera de roble a la izquierda. Oía voces en el otro salón al fondo de la casa, al otro lado de la cocina.

Dejé las llaves en el mueble de la entrada y pasé junto a las escaleras dejando que las botas de *stripper* —me gustaba referirme así a ellas— repiquetearan en el suelo de madera mientras entraba en el comedor, otro lugar de la casa que apenas se usaba. La cocina estaba vacía, aunque las luces bajo los muebles estaban encendidas e iluminaban la encimera de cuarzo gris y blanca.

Pasé por debajo de un arco y contemplé el salón al fondo de la casa. Una pared era todo ventanas con vistas al porche y al jardín. Las contraventanas estaban cerradas y la pesada lámpara de cerámica estaba encendida. En la pantalla, mi personaje favorito de *Stranger Things*, Dustin, estaba tratando de convencer a un bebé demogorgon para que entrara en el sótano. Había un cuenco gigantesco con Lucky Charms en la mesita circular. Lo sabía porque el paquete vacío se encontraba junto al bol. Sin leche. Y parecían haberse comido todas las nubes de los cereales.

Otra vez.

Suspiré y conté todas las latas de refresco abiertas. Las tiré a la basura de reciclaje sin pensar en lo que había hecho esta noche, ni tampoco en el príncipe, ni en cómo me dolía la garganta. Una vez que terminé de limpiar y de recoger el salón, atravesé un pasillito lleno de fotografías enmarcadas de mi madre y de mí, y otras más antiguas de mi padre. De nuevo en la entrada, comprobé una vez más que había cerrado con llave.

Solo para asegurarme, claro.

Cansada, me dispuse a subir las escaleras. Entre dos balaústres de madera vi un zapatito enano no más grande que la mitad de mi dedo pequeño del pie. Me detuve y busqué el otro zapato, pero no lo encontré, así que decidí dejarlo en la escalera porque me supuse que estaría ahí por una razón.

La luz de arriba ya estaba encendida, así que la apagué cuando llegué al fondo del pasillo y cerré la puerta del dormitorio a mi espalda.

Sintiéndome unos cuantos años mayor de lo que era en realidad, crucé la estancia y entré en lo que antes había sido un cuarto para un bebé, pero que habíamos convertido en un vestidor años atrás.

Luego empecé con la rutina de volver a ser yo: Brighton Jussier.

Me agaché y me bajé la cremallera de las botas. Me las quité de una patada antes de hundir las manos en el pelo con el objetivo de localizar las horquillas que había usado solo por si acaso. Las saqué y las dejé en una bandejita de cristal sobre una mesa que me llegaba a la cintura en el centro de la habitación. Me quité la peluca y la coloqué sobre el maniquí de plástico y seguidamente hice lo propio con la redecilla que me recogía el pelo. No tenía ni idea de cómo hacerme una trenza, así que me servía de un moño bajo. Otras cuantas horquillas se unieron a las primeras en la bandejita y entonces mi pelo quedó libre y cayó sobre los hombros. La sangre empezó a recorrerme el cuero cabelludo y cerré los ojos para disfrutar del hormigueo.

Eché la cabeza hacia atrás y levanté las manos para quitarme las lentillas que me habían coloreado los ojos de azul y las dejé en su estuche.

Lo siguiente fue el vestido, que tiré directamente a la basura. Nunca repetía. No podía, porque aunque este tuviera brillitos y fuera sexi, siempre me recordaría a Tobias y su frío contacto, a la primera vez que lo vi y por qué le había dado caza.

Desnuda, me puse una bata esponjosa y luego caminé descalza hacia el baño.

Abrí el grifo de la ducha y dejé que el vapor empezara a llenar el espacio. Tomé dos toallitas para desmaquillarme la cara y, tras unos instantes, fue *mi* rostro el que me devolvía la mirada en el espejo.

El pelo rubio me caía sobre las mejillas, sonrosadas de tanto frotarlas. A pesar de las bolsas, mis ojos me recordaban a los de mi madre. Eran grandes y castaños. Una vez me los describieron como «ojos de cervatillo» y creo que se referían a que se parecían a los de los ciervos cuando estaban a punto de ser atropellados. Ahora mismo no les faltaba razón. Me contemplé como si no reconociera mi propio rostro. Bajé la mirada hacia mis labios, ligeramente abiertos, y luego más todavía.

Unas marcas color azul pálido habían aparecido a cada lado de mi cuello.

Recordé sin apenas esfuerzo el sonido que el príncipe había hecho al echarme la cabeza hacia atrás. Paseé los dedos por encima de los leves moratones y me pregunté si el príncipe los habría visto. ¿Por eso había gruñido?

¿Qué demonios estaba haciendo en el Flux?

No pude evitar preguntarme por qué no me había devuelto el golpe. Podría haberlo hecho. Yo le había dado una patada. Había intentado golpearlo con una silla. Le había pegado, y lo único que hizo él fue sujetarme y decirme que me fuese. Estaba cabreado, pero no me había hecho daño.

El vapor empañó el espejo y emborronó mi reflejo. Aparté la mano del cuello. Al salir de la habitación, no había visto a ningún hada en el reservado de la segunda planta. Los sofás y las sillas estaban vacíos. Tampoco di con humanos. El príncipe les había hecho algo a los faes.

Dudaba de que simplemente los hubiera convencido para que se fuesen.

Los había matado, lo cual tenía sentido. Los faes que frecuentaban el Flux eran de invierno, enemigos de la corte de verano y de los humanos. Lo que no tenía sentido era por qué buscaba a Tobias.

Yo volvería, porque al final los dos faes que quedaban harían acto de presencia. Siempre lo hacían, y yo llevaría a cabo el mismo plan que el de esta noche. Los observaría, memorizaría sus hábitos y luego los cazaría y huiría, a poder ser sin que el príncipe apareciera. Los mataría o moriría intentándolo, y había bastantes probabilidades de que esto último ocurriese, porque uno de ellos era un antiguo.

El peor de todos.

Me estremecí contra el lavabo. Cerré los ojos, respiré hondo y luego contuve la respiración durante un segundo antes de que aquel pensamiento familiar volviese a surgir en mi mente y apartara todo lo demás.

«Esta no eres tú».

Perseguir faes y ponerme en peligro de forma estúpida no eran cosas que hiciera antes. Por aquel entonces, me habría gustado ser así; ahora, en cambio, me había convertido en una versión retorcida de esa idea.

Estar consumida por la venganza era algo que nunca pensé que experimentaría, pero estaba metida hasta el cuello y no había perspectivas de salir de aquella espiral de odio.

Apenas recordaba ya a la mujer que había sido. Antes creía que mi vida había cambiado drásticamente cuando tenía doce años y que era imposible que volviera a suceder. Ilusa de mí, creía que los humanos tenían un cupo limitado de sufrimiento y tragedias imposible de rebasar y que yo ya estaba más que servida. Mi padre había muerto cumpliendo con su deber, al igual que muchos otros miembros de la Orden, antes de que yo tuviera uso de razón. A mi madre la torturaron y, aunque consiguió sobrevivir, nunca volvió a ser la misma. Había visto morir a amigos en la batalla y, tonta de mí, me había creído que estábamos a salvo, porque ¿cómo podría pasarnos algo más a mi madre y a mí? Ya habíamos sufrido lo indecible a lo largo de nuestra vida. Dios no podía ser tan cruel como para asestarnos otro golpe de gracia más.

Me equivoqué.

Al recordar la noche del ataque, me pregunté si habría juzgado mal el motivo por el que mi madre parecía haber estado intranquila. Tal vez no había estado a punto de sufrir otro episodio. Tal vez solo fue el instinto lo que la había puesto sobre aviso de lo que iba a ocurrir esa noche. ¿Y si sabía que esas eran las últimas horas de su vida?

La culpa me carcomió por dentro mientras rememoraba aquella noche. Los gritos de sorpresa y de dolor no duraron mucho. Nos rodearon en cuestión de segundos antes de llevarnos hasta el jardín de la casa vacía.

Rasgaron ropa, piel y músculo. El dolor..., Dios, había sido desgarrador, devastador. No se alimentaron de nosotras. Luego me enteré por Ivy de que tampoco se habían alimentado de Gerry y los demás. El ataque fue solo con miras a provocar dolor y derramar sangre, y derramaron tantísima... Tenía la piel y el pelo completamente bañados en ella.

Luché por permanecer consciente, pero fue demasiado. El dolor. La sangre. Los *sonidos*. Todo en general. No fui capaz de aguantar, y lo último que sentí fue la mano de mi madre alejándose de la mía. Lo último que vi fue a ella. Vi lo que le habían hecho. Ningún humano podría haber sobrevivido a eso.

Me empezó a arder el pecho y la garganta hasta el punto de marearme. Respiré hondo y abrí los ojos, pero no vi nada más que vaho.

Me incliné hacia delante y pasé una mano por el espejo para poder verme de nuevo reflejada en él.

Eran mi rostro y mi pelo al natural, sin maquillaje especial ni nada. También mis labios y mis ojos. Era yo la que se reflejaba en el espejo, pero, a la vez...

No reconocía en quien me había convertido.

CAPÍTULO 6

Me desperté sobresaltada, con el corazón desbocado y sintiendo calor en ciertas partes del cuerpo. Me quedé mirando el ventilador del techo. Dios, había sido un sueño.

Normalmente soñaba con los últimos momentos de los faes que mandaba al Otro Mundo después de acabar con ellos. Esta vez, me vi de nuevo en la discoteca, en aquella sala sucia, pero no había ni rastro de Tobias. Estaba sentada en la misma silla, pero no sola.

Debajo de mí estaba el príncipe.

Habían sido sus labios los que descendieron por mi cuello, sus dedos los que me acariciaron los costados. Y yo no me había quedado quietecita precisamente, no. Me había restregado contra él con la cabeza ladeada hacia atrás, jadeando mientras me movía y sentía cosas que llevaba..., Dios, una eternidad sin sentir.

Madre mía, no estaba bien de la cabeza.

Nada bien.

Un suave ronroneo captó mi atención. Traté de estabilizar el pulso y de volver en mí. Giré la cabeza hacia la derecha y me encontré con un par de ojos amarillos.

—Miau.

Fruncí el ceño a la vez que el gato —gris excepto la cola, que parecía haber metido en un tarro de pintura blanca— estiraba las patitas y bostezaba en mi cara.

—¿Cómo has entrado, Dixon? —le pregunté; se llamaba así por el personaje de *The Walking Dead*. No era mío, pero en este momento no tenía más remedio que cuidarlo. Aunque no me importaba, la verdad. El pequeñín me caía bien.

Dixon se tumbó de costado y giró la cara para mirarme boca abajo. Yo enarqué una ceja y, en ese momento, oí un leve crujido. Me erguí sobre los codos. Se me resbaló el iPad del pecho y cayó al suelo con un pequeño estruendo, por lo que suspiré. Me había quedado dormida... haciendo un puzle.

Otra vez.

Era un poco patético, pero a mí me relajaba y me ayudaba a desconectar para dormir. Eso sí, tenía que dejar de quedarme frita mientras los hacía; ni que sufriera de narcolepsia, por Dios.

Eché un vistazo por la habitación, pero el brillo de la lámpara sobre la mesita de noche solo arrojaba sombras desde la cama. La leve luz de luna que se colaba por entre las cortinas tampoco ayudaba mucho, aunque juraría que nadie...

Se formó un bulto bajo el fino cobertor de la cama, cerca de los pies, del tamaño de un cangrejo. Un cangrejo *muy grande*.

¿Qué demonios...?

Vi cómo subía por la cama, se paraba cada varios centímetros y proseguía su camino. Esperé hasta que casi llegó a la almohada y aparté el cobertor.

El *cangrejo* soltó un chillido cuando desvelé al verdadero dueño del gato. Tink era... bueno, no era de este mundo. Obviamente. Era un duende, una criaturita de unos treinta centímetros adicta al azúcar, la televisión, las películas y Amazon Prime. Se quedó atrapado en este mundo hacía varios años intentando cerrar uno de los portales del Otro Mundo. Ivy lo encontró en el Cementerio de San Luis con una pierna y un ala rotas. En vez de matarlo —la Orden nos lo exigía por aquel entonces—, el pequeñín le dio pena y se lo llevó a su casa para ayudarlo a recuperarse.

Lo que Ivy no sabía era lo poderosísimo que era Tink y que su tamaño de muñequita era completamente voluntario. A mí me gustaba decir que se volvía gigante cuando le daba la gana. Desde que se había mudado conmigo, no había vuelto a cambiar de tamaño. A saber por qué.

Tink solía ponerme los vellos de punta. Quiero pensar que eso le pasaría a cualquiera si viera a un duende volador, sobre todo porque era el único del que tenía constancia en nuestro mundo. Aun así, le había tomado cariño y, gracias a él, no me había desangrado viva en la acera junto a mi madre la noche que nos atacaron.

Fue Tink, con estatura humana, quien nos encontró.

Y desde que había vuelto a casa del hospital era como si compartiese la custodia con Ivy, aunque lo cierto era que ninguna de las dos la teníamos. De hecho, últimamente pasaba el mismo tiempo conmigo que con ella.

—¿Qué estás haciendo, Tink? —le pregunté.

El duende seguía boca abajo, reptando por la cama cual soldado, y sacudió una de sus finas alas. Tenía los ojos azules y brillantes bien abiertos y el pelo rubio y en punta alborotado.

—Hola...

Entrecerré los ojos.

—Tink.

Suspiró con pesadez, como si hubiera sido yo quien lo había molestado. Se irguió ayudado de los brazos y se puso de rodillas.

—Me he despertado.

—Ajá.

—Y estaba aburrido.

—Vale.

—Así que he bajado a ver *Stranger Things*, pero alguien ha apagado la tele. Se dice el pecado, pero no el pecador...

—Ambos sabemos que he sido yo. La podrías haber encendido perfectamente, ¿eh? —Ni siquiera hice alusión a que sabía que había hecho maratón de las dos primeras temporadas por lo menos ocho veces. Si lo hubiese mencionado, habría generado una conversación sobre las similitudes y diferencias del Otro Mundo y El Mundo del Revés, y sinceramente no me apetecía charlar sobre eso ahora.

—Pues sí, pero para eso tendría que hacer mucho esfuerzo. No sabes lo que cuesta bajar las escaleras con estas piernecitas.

—¿No puedes volar o qué?

—Demasiado esfuerzo.

—¿Y si te haces gigante?

Ladeó la cabeza.

—Ni de *fly*, así soy más bonito.

No tuve más remedio que quedármelo mirando.

Tink se puso de pie y se acercó a Dixon dando pisotones.

—Así que me he preguntado: «¿Qué estará haciendo Brighton?».

No me apetecía saber qué hora era, pero supuse que era o muy tarde o muy temprano.

—Durmiendo, Tink, eso estaba haciendo.

—Pero tenías la luz encendida. —Levantó la mano y Dixon estiró la pata hacia él. Tenía el mismo tamaño que su cabeza—. Así que creí que estabas despierta. Dixon y yo hemos decidido venir a visitarte porque somos tus amigos.

Suspiré y me volví a tumbar.

—¿A que no sabes qué?

—¿Qué? —repetí, frotándome los ojos.

—He venido montado en Dixon cual corcel de batalla.

Aparté las manos y lo miré. No supe qué contestar.

Tink me sonrió y dejó a la vista su dentadura blanca y afilada.

—Ivy siempre se cabrea conmigo cuando lo hago, pero a Dixon le gusta, y a mí también.

—Haz lo que quieras, Tink.

—En fin, Serafín. Te estuvimos esperando. —Agarró la pata de Dixon con ambas manos—. Llegaste supertarde, así que nos fuimos a dormir.

—Ya te he dicho que no hace falta que me esperes. —Me puse de costado para tenerlo de frente. Tink seguía estrechándole la pata a Dixon. Me pregunté por centésima vez desde que se presentó en mi casa con Dixon hacía una semana por qué estaría aquí y no en Florida—. Oye, ¿puedo preguntarte algo?

—Lo que te dé la gana, Light Bright.

Sonreí al oír aquel mote tan tonto.

—¿Por qué no te marchaste con Ivy a Florida?

—Porque ella estaba con Ren —contestó y puso los ojos en blanco.

—Pero si a ti te cae bien Ren, no mientas.

—Lo tolero.

Me lo quedé mirando.

—Fabian también está en Florida. ¿No quieres estar con él o qué?

—Ya fui en septiembre y, tras considerarlo de cabo a rabo, decidí que Florida es la Australia de los Estados Unidos. Ese sitio me da mal rollo —explicó. Yo resoplé, porque, en parte, tenía razón—. No se quedará allí para siempre. Volverá.

Me pregunté si habría pasado algo entre ellos.

—¿Va todo bien entre vosotros?

—Claro. —Tink soltó la pata de Dixon y me lanzó una miradita incrédula—. Fabian cree que soy la criatura más extraordinaria de este mundo y de los demás. Está enamoradísimo de mí. Es adorable.

Ensanché la sonrisa, estiré el brazo y acaricié a Dixon por detrás de las orejas.

—Me alegro.

—Y hablando de amor, ¿qué tal tu cita? —Cambió de tema y se tumbó sobre la almohada junto a mí antes de cruzarse de piernas y apoyarse contra la barriguita mullida de Dixon.

—¿Qué cita? —Estuve a punto de echarme a reír. Como si yo tuviera de esas cosas. Era difícil conocer a gente nueva siendo de la Orden, sabiendo que las hadas existían fuera de los cuentos de Disney y que había un duende de unos treinta centímetros que a veces adoptaba la misma estatura que la gente normal al que le gustaba subirse a mi cama... Un momento. Tink enarcó las cejas—. Ah. Pues no muy bien. Olvídate.

Se cruzó de brazos.

—Me has mentido, no tenías una cita.

—Yo...

—Has ido a cazar, ¿verdad? —Apretó los labios, enfadado—. Has ido a cazar una de esas cosas que te hizo daño, pero no querías que yo, el mejor compañero del mundo mundial, te acompañase.

—Tink...

—No solo soy increíble, también soy bueno que te cagas. Si sales a cazar hadas, llévame contigo. Puedo echarte una mano.

—Tink... —Lo volví a intentar. Mentir no tenía sentido porque sabía lo que estaba haciendo. Era el único que se había dado cuenta—. Sé que eres un compañero increíble, pero si te viesen, sabrían lo que eres y eso echaría por tierra el plan.

—Igual que el de acabar muerta, o peor. —Tink se apartó de Dixon—. Es peligroso. Si Ivy se enterase de...

—Ivy no va a enterarse de nada. Ni Ren. Ni nadie —repuse—. Mira, yo sé que te preocupas, pero no quiero que vengas y te pongas en peligro. Demasiado has hecho ya —añadí, seria—. Me salvaste la vida.

Tink sacudió la cabecita y me miró con la misma solemnidad.

—No te salvé la vida, te encontré. Eso fue lo único que hice.

—Con eso me salvaste.

—No —rebatió, esta vez con un tono de voz más alto—. No fui yo quien te salvó.

Abrí la boca sin saber muy bien qué decir. Su respuesta me pareció rara; no obstante, siguió hablando antes de que yo pudiese añadir nada más.

—¿Has encontrado a quien buscabas?

—Sí.

—¿Y te lo has cargado? —preguntó Tink mirándome fijamente a los ojos.

—Sí —susurré.

Entonces, sonrió.

—Me alegro.

Capítulo 7

Miles, el líder de la filial de la Orden de Nueva Orleans, me llamó el lunes a primera hora con una petición que me confundió e interesó a partes iguales.

Los faes de verano habían solicitado reunirse con la Orden, pero Miles no podía mandar a ninguno de sus miembros *indispensables* para ver qué querían.

Como a mí no me consideraban una miembro indispensable, me habían asignado la tarea.

Tink estaba frito en el salón junto a Dixon, así que no me lo llevé conmigo. Podría haberlo despertado, pero los faes trataban a Tink como si fuese una especie de becerro de oro que había que venerar, y Tink ya tenía el ego por las nubes de por sí.

Así que ahí me encontraba el lunes por la mañana, contemplando el haz de luz solar que penetraba por el gran ventanal del despacho del Hotel Faes Buenos y que mantenía la estancia a una temperatura agradable pese al frío que hacía fuera.

Así llamaba Ivy a este lugar. Sí que me recordaba a un hotel, de esos ostentosos y gigantescos. Para los humanos e incluso para las hadas de invierno, el Hotel Faes Buenos no parecía nada más que una central eléctrica abandonada en la calle St. Peters.

Según los mapas antiguos que había encontrado entre la desordenada investigación de mi madre, sospechaba que todas las marquitas extrañas de lugares que no podían o no deberían existir eran más bien comunidades ocultas.

Esta podría no ser la única.

El Hotel Faes Buenos era una estructura inmensa muy parecida a la de un hotel. Tenía varias plantas altísimas con cientos de habitaciones y zonas comunes con múltiples cafeterías, cines, tiendas, gimnasios, e incluso una especie de colegio; el sitio contaba con la capacidad de albergar a miles de faes. La Orden no tenía ni idea de cuántas hadas vivían en este lugar, algo que sabía que molestaba a Miles y a los otros miembros de la Orden.

La clase de poder y magia que usaban las hadas de verano para camuflar el edificio era impresionante.

Menos mal que no se alimentaban de humanos y se parecían a nosotros, porque si no, estaríamos jodidos.

Pero bueno, sabía que el príncipe Fabian lo hacía, supuestamente de humanos voluntarios que sabían lo que él era, porque no envejecía y era capaz de hacer cosas extraordinarias. Suponía que su hermano, *el príncipe*, también.

Me tiré del cuello del jersey de punto trenzado que llevaba. Empezaba a pensar que me derretiría en este despacho antes de que alguien apareciera. El jersey era perfecto para el tiempo de fuera y ocultaba los moratones del cuello, pero ahora me estaba muriendo de calor con él.

Si Ivy no estuviera en Florida con su marido llevando a cabo no sé qué misión supersecreta, estaría aquí, sentada en el Hotel Faes Buenos y actuando de intermediaria entre la Orden y las hadas. No yo. A ella se le daban mejor este tipo de reuniones y, ahora mismo, eso era lo que necesitábamos, ya que las cosas entre los faes de verano y la Orden estaban tensas.

Me quedé mirando el escritorio alargado y estrecho frente a mí mientras aguardaba y me recolocaba un mechón de pelo rubio en la coleta. Estaba ordenado, solo había un calendario enorme y el monitor de un ordenador, un iMac. Mi escritorio estaba lleno de mapas y libros tirados por encima. Ni siquiera veía la madera de debajo, y mucho menos usaba el teclado que, claramente, no era de un iMac.

Usaba una de las habitaciones de invitados como despacho, lo cual era perfecto, porque podía cerrar la puerta y fingir que nadie más vivía conmigo.

Los nervios me embargaron cuando bajé la mano y paseé los dedos por el cuello del jersey. Seguía teniendo la garganta magullada y sabía que permanecería así durante un par de días. Al menos hacía bastante frío fuera como para llevar jerséis de cuello alto.

Había que mirar el lado bueno.

Apreté los labios y aparté la mirada del escritorio en cuanto oí pasos fuera. Bajé la mano y, segundos después, la puerta se abrió.

El fae de verano conocido como Tanner entró en su despacho. Su nombre real era completamente impronunciable, como los de la mayoría de las hadas que vivían aquí. Casi todos, incluida la mujer a su espalda, habían adoptado nombres humanos. Lo hacían hasta los de invierno, porque dudaba que Tobias hubiese sido el verdadero nombre de ese cabrón.

Tanner se detuvo de golpe en cuanto me vio sentada allí y la fae llamada Faye, que llevaba una carpeta, hizo lo mismo. Una reacción extraña si teníamos en cuenta que cuando me vieron, lo hicieron con mi verdadero aspecto, sin peluca ni maquillaje ni nada. Nada de fachadas.

Hoy era Brighton, aunque... no me sentía como ella.

Apenas atisbé el disfraz de Faye y Tanner frente a los humanos durante un segundo antes de que desaparecieran y los viera como los faes que realmente eran. Lo único que no cambió fue su pelo. Aunque ambos eran morenos, Tanner tenía canas, muestra fehaciente de que envejecía como un humano, mientras que Faye era más joven y su melena tenía un color más clarito.

—Señorita Jussier. —La sorpresa tiñó el tono de voz de Tanner mientras cruzaba la estancia y se detenía frente a mí para ofrecerme la mano—. Qué sorpresa.

—Brighton —lo corregí a la vez que echaba un vistazo a su mano. Aquel momento de vacilación no le pasó desapercibido a Faye. La astuta mujer enarcó una ceja. Yo le estreché la mano a Tanner con tanta firmeza como pude. Ni siquiera sabía por qué había dudado aparte de porque era raro, y porque yo también lo era. Y mucho—. Ya sabes que puedes llamarme Brighton.

Me apretó la mano con cariño.

—Dios mío, Brighton, hace muchísimo que no te veo. Siento mucho lo de tu madre y lo que te ocurrió.

No recordaba la última vez que había estado en este despacho o en el Hotel Faes Buenos, pero había sido antes del ataque.

—Merle era una mujer única e increíble —prosiguió, con la voz y los pálidos ojos azules rebosantes de melancolía, y no me sorprendió que lo dijera. Tanto él como varios otros faes de verano asistieron a su funeral—. Se la echa mucho en falta.

Noté la garganta cerrada al respirar. Liberé la mano y la dejé sobre el reposabrazos aterciopelado de la silla en la que estaba sentada. Abrí la boca, pero descubrí que no podía hablar porque la pena y la furia amenazaban con subir y asfixiarme. No podía dejar que eso ocurriera. Aquí no.

Carraspeé, aparté la maraña de sentimientos y me centré.

—Gracias. Mi madre disfrutó conociéndoos.

—¿Sí? —Tanner se rio entre dientes a la vez que retrocedía y se giraba hacia su escritorio—. Ganarse a tu madre fue muy complicado.

—Le costaba... confiar en la gente —expliqué, removiéndome en la silla—. Pero confiaba en vosotros. En los dos.

Por loco que sonara, era cierto. A mi madre le caía bien Tanner. Pensé que hasta podría haber empezado a sentir algo por él, lo cual sonaba absurdo teniendo en cuenta por todo lo que había pasado, pero le gustaba Tanner de verdad.

Faye esbozó una leve sonrisa.

—Es un gran honor para nosotros.

Asentí y deseé que la amarga y puntiaguda maraña de emociones que ahora ocupaba mi pecho desapareciera. Ya era hora de empezar con la reunión.

—Se nota que no me esperabais a mí. Ivy no ha podido venir. Está con...

—El príncipe Fabian en Florida —terminó Faye. Estaba a unos cuantos pasos de mí, junto a la esquina del escritorio—. Sabemos que Ivy no está disponible, pero creíamos que enviarían a... otra persona.

No tenía muy claro cómo responder a eso. Mantuve la cara lo más inexpresiva posible mientras Tanner tomaba asiento tras el escritorio.

—Lo siento, pero Miles está ocupado con los nuevos reclutas.

—Me imagino que tendrá mucho trabajo. —Tanner sonrió con educación, aunque siempre lo hacía, en realidad. Era como si su rostro siempre estuviera así—. No obstante, esperábamos a alguien... de mayor rango.

Se me encendieron las mejillas y apreté la mano sobre el reposabrazos. «Lo sabían». Miré a ambos faes abochornada. Sabían que Miles me había enviado a mí para la reunión porque, sinceramente, estaba demasiado ocupado como para lidiar con Tanner y, al fin y al cabo, no le importaban lo bastante como para sacar a ningún otro miembro de la calle o del entrenamiento. Por eso me había enviado a mí, porque a ojos de Miles, yo sí que tenía tiempo.

No era indispensable para él.

Levanté la barbilla.

—Os aseguro que yo, al igual que cualquier otro miembro de la Orden, he nacido y crecido dentro de la organización. Y, en realidad, poseo más información de todo lo relacionado con la Orden que Miles. —No estaba exagerando ni presumiendo de nada, era la pura verdad. Esa era mi labor en la Orden. Investigar. Leer. Estudiar. Yo era la *Willow* en un ejército de *Buffys* y *Angels*—. Puedo ayudaros con lo que necesitéis.

—Discúlpame —repuso Tanner enseguida—. No era mi intención insinuar que tú no pudieras gestionarlo. Es solo que...

—¿Qué? —Enarqué las cejas y esperé.

—Te incomoda estar aquí —respondió Faye, sucinta—. Es totalmente comprensible con lo que te sucedió...

—Lo que me sucediera es irrelevante.

Faye suavizó la mirada un ápice.

—Puedo oler tu inquietud. Me recuerda al humo de una hoguera.

La cara se me puso como un tomate. ¿Tan evidente era que estaba atacada?

—¿De verdad la hueles?

Faye asintió.

Pues no lo sabía y me daba muy mal rollo.

—Y, aparte, te estás aferrando a la silla como a un clavo ardiendo —señaló—. Es como si ya se te hubiera olvidado que hace dos años luchamos junto a la Orden y mandamos a la reina de vuelta al Otro Mundo.

Tanner se tensó ante la mención de la reina. No lo culpaba. Yo no la había visto personalmente, pero por lo que había oído, su aspecto solo infundía pesadillas.

—Perdimos a muchos faes buenos esa noche —prosiguió Faye—. Y también parece que se te ha olvidado que la mayor traición no vino de nosotros, sino de la propia Orden.

—No lo he olvidado. —¿Cómo podía hacerlo? La traición había venido desde lo más alto de la Orden, empezando por David Faustin. Él fue el líder de la sede de Nueva Orleans, palabra clave «fue», y su traición corrió como la pólvora dentro de la Orden, infectando a casi todo el mundo. Los miembros que no murieron a manos de los faes no tan buenos, las hadas de invierno, lo hicieron a manos de aquellos en quienes habían confiado toda su vida.

Exhalé con dificultad mientras relajaba la mano sobre el reposabrazos de la silla.

Tenía intención de disculparme, pero cambié de opinión y decidí ser completamente sincera con Faye.

—De pequeña me enseñaron que no había ningún fae bueno. Y sí, había miembros de la Orden que sabían de vuestra existencia, pero la mayoría no teníamos ni idea de que la corte de verano vino huyendo a nuestro mundo después de la guerra contra la corte de invierno y que solo tratabais de vivir tranquilamente como lo hacen los humanos. Si alguien hubiese sugerido hace dos años que hay hadas buenas, que no se alimentan de los humanos, me habría reído en su cara.

Faye apretó la mandíbula, pero yo no había terminado.

—Y sabéis muy bien que los faes de invierno, los que aún le son leales a la reina, os superan en número. Dos años, Faye. Eso es lo que he tenido, lo que muchos de nosotros hemos tenido para reconciliarnos con la idea de que no todas las hadas son el enemigo. Así que sí, los faes me incomodáis. Al igual que seguro que nosotros os incomodamos a vosotros.

—Por supuesto que algunos de vosotros nos incomodáis, teniendo en cuenta que aún hay miembros de la Orden que quieren matarnos —me soltó Faye.

—Creo que lo que Faye intenta decir es que tenemos un problema muy grave y que nos preocupa que tu... incomodidad pueda afectar de alguna forma a que nos ayudéis a resolverlo. —Tanner entrelazó las manos sobre el escritorio—. Eso es todo.

Vaya. El ambiente se había enrarecido aún más, si cabía.

—¿Puedo ser totalmente sincera con vosotros?

—Por supuesto. —Tanner se reclinó en la silla.

—Quitando a Ivy y Ren, no hay ni un solo miembro en la Orden al que no le incomode estar junto a vosotros o que no tenga prejuicios a causa de todos los años que llevan luchando contra hadas que lo único que buscaban era esclavizar a la humanidad y destruirla. Ni siquiera Ren os va a poner una alfombra roja, y su mujer es medio hada —dije, mirándolos a los ojos—. Así que, si os preocupa que mi *incomodidad* suponga un problema, entonces vais a tener el mismo problema con cualquier miembro de la Orden que no sea Ivy. O me contáis por qué queríais reuniros con la Orden o esperáis hasta que Ivy vuelva. Vosotros diréis.

—No es solo que te pongamos nerviosa. —Faye se dio unos golpecitos en el muslo con la carpeta que sostenía en la mano—. También te asustamos.

Desvié la cabeza en su dirección.

—No me asustáis.

—¿Ah, no? —murmuró.

—No. Y solo para que quede claro, la inquietud que hueles no se debe a vosotros dos. Me siento así el noventa por ciento de las veces. Me incomodáis, pero ni me inquietáis ni me asustáis. La diferencia es abismal.

Los ojos de Faye mostraron respeto. No mucho, pero lo vi.

—Muy bien, pues. Haremos de tripas corazón, ¿verdad? —dijo Tanner.

Despacio, me giré de nuevo hacia él, pensando que sonaba como si tuviera la misma fe que yo en que Tink no la liase parda para cuando regresara a casa.

—Supongo.

—Necesitábamos hablar con la Orden porque hemos estado notando una tendencia alarmante. —Tanner tomó la carpeta que Faye le tendió—. Varios jóvenes de nuestra comunidad desaparecieron el mes pasado y tememos que la Orden pueda estar involucrada.

Capítulo 8

Vale, eso no me lo esperaba.

Abrió la carpeta y vi una fotografía colorida de un hada joven.

—Ya sabes que hay pocos miembros de la corte de verano que salgan del recinto. No lo prohibimos, pero muchos encuentran aquí todo lo que necesitan.

Asentí distraída. El hecho de que la mayoría de la corte permaneciera aquí oculta nos venía de perlas. Casi siempre que nos encontrábamos faes por la calle no eran de los buenos.

—Algunos de los jóvenes desean experimentar el... mundo humano y todo lo que ofrece. En parte se ha convertido en una iniciación. —Faye apoyó la cadera contra el escritorio—. Siempre avisan a sus seres queridos y no suelen pasar mucho tiempo fuera.

—El mes pasado cuatro de ellos no regresaron —intervino Tanner en tono grave—. Sus padres y amigos no saben nada de ellos.

Tardé unos instantes en asimilar aquella información.

—¿Cuando te refieres a «jóvenes», hablamos de niños, adolescentes o gente de veintitantos?

—¿Niños? —repitió Faye al tiempo que parpadeaba deprisa.

—Los cuatro tienen poco más de veinte años —aclaró Tanner—. Aquí hay fotos de cada uno y sus documentos de identidad.

Ver a Tanner mostrar las cuatro fotos en su escritorio me dejó algo perpleja. Empecé a pensar una respuesta, pero al final desistí. Eché un vistazo. Eran similares a las que los humanos usábamos para el carné de conducir.

—¿Seguro que han desaparecido?

—A menos que estén aquí y sean invisibles, sí —respondió Faye secamente.

—No me refería a eso. —Me acerqué al escritorio para observar más de cerca a los cuatro jóvenes. Todos eran hombres. Los nombres estaban escritos bajo las caras sonrientes. Eran guapos y apenas pasaban de los veinte. Seguro que con el encanto se volvían aún más atractivos y se lo estaban pasando en grande en el Barrio Francés—. Estamos en Nueva Orleans, hay muchas cosas que podrían estar haciendo, como desmadrarse.

—Lo entendemos. Muchos de nuestros jóvenes... disfrutan, pero siempre mantienen el contacto con sus seres queridos —replicó Tanner.

Enarqué una ceja.

—A muchos jóvenes se les va la cabeza cuando están por ahí. Conocen a gente nueva... —«Y con suerte no se alimentan de ella»—, y se les va el santo al cielo. Esta ciudad absorbe, y no lo digo en el mal sentido —«Aunque en parte sí»—. Normalmente vuelven en sí cansados y dispuestos a portarse mejor, como por ejemplo avisando a sus padres sobre lo que hacen o dejan de hacer.

—¿Acaso los humanos pasan días o incluso semanas sin comunicarse con sus padres? —inquirió Tanner.

Apreté los labios para reprimir la risa porque noté que lo preguntaba en serio.

—Algunos sí lo hacen, pero no muchos.

—La progenie humana tal vez carezca de respeto y cortesía hacia sus mayores, pero nuestros jóvenes no —replicó Tanner con dureza—. No criamos a nuestros hijos así.

—Estoy bastante segura de que muchísimos humanos dicen lo mismo.

Faye ladeó la cabeza.

—Sea como fuere, nuestros jóvenes no son así.

Los miré a ambos, sacudí la cabeza y respondí con cautela. ¿Creían... creían que a la Orden le iba a preocupar que hubieran desaparecido faes incluso aunque fueran de verano? Por muy mal que sonase, sabía que les daría exactamente igual.

—Lo lamento, pero no sé qué tiene que ver la Orden con todo esto.

Tanner tardó en contestar.

—Cada vez nos preocupa más que... la Orden los atacara por error.

Se me tensaron los músculos.

—¿Insinúas que la Orden los ha asesinado?

—Tal y como he mencionado antes, es algo que nos preocupa, pero en lo que esperamos estar equivocados —insistió Tanner despacio—. Aunque durante estos dos años ya ha habido ataques en los que faes inocentes han perdido la vida.

Tenía razón.

Antes de la guerra con la reina y de que la existencia de las hadas de verano saliera a la luz, la Orden siempre instaba a matar primero y a preguntar después. No concebían la idea de que hubiera hadas buenas. Ahora las cosas habían cambiado, se habían complicado.

—Existen protocolos nuevos, Tanner. La Orden no mata indiscriminadamente. Primero investigan a los faes y se basan en pruebas sólidas para...

—Ambas sabemos que la mayoría de los miembros de la Orden piensan que los faes de verano casi nunca interactúan con los humanos —intervino Faye con los ojos azules brillantes—. Suponen que todas las hadas que se encuentran por la calle son el enemigo.

Me tensé.

—Eso no es verdad.

—¿Ah, no? —cuestionó ella en tono desafiante—. Solomon no suponía ninguna amenaza para los humanos y, aun así, lo masacraron.

Solomon era un fae al que habían asesinado el año pasado porque los miembros más recientes de la Orden no lo identificaron bien.

—Aquello fue un error terrible y lamento muchísimo que sucediese. —Y era verdad. Odiaba que mataran a inocentes, ya fuesen hadas o humanos—. Pero eso no significa que haya pasado lo mismo con estos chicos.

—No ha sido un caso aislado —señaló Faye.

—Lo sé. —Hubo... varios casos—. Ojalá pudiera hacer algo para cambiarlo, pero...

—Pero la Orden está tratando de adaptarse. Lo comprendemos. Comprendemos que es un periodo de adaptación —dijo Tanner, siempre tan diplomático—. Somos conscientes de que muchos miembros de la Orden han fallecido a causa de los protocolos nuevos.

Y así era.

Seis veces más que los faes de verano que resultaron heridos por la Orden.

Era peligroso tomarse el tiempo de confirmar que estabas matando al hada correcta. Habíamos perdido el factor sorpresa. Para cuando nos cerciorábamos de que no íbamos a atacar a un fae pro-humanos, ellos ya habían reparado en nuestra presencia.

La Orden había quedado casi masacrada hacía dos años y aún no habíamos podido recuperar el mismo número de efectivos. Por eso Miles siempre andaba ocupado con los reclutas nuevos.

—¿Y si esos faes decidieron marcharse por su cuenta? —sugerí, jugueteando con el cuello del jersey—. Tal vez no querían vivir aquí. Hay un mundo enorme ahí fuera y seguro que muchos desean explorarlo. Sobre todo porque ven series y películas en la tele y leen libros y revistas. Por muy bien que esté este sitio, tal vez quisieran vivir al otro lado de estas paredes.

Tanner se me quedó mirando como si eso no se lo hubiera planteado.

Nos quedamos en silencio. Faye lo rompió al estirar el brazo para agarrar la foto de un hada con el pelo oscuro.

—Este es mi primo pequeño. Eligió el nombre de Benji. Lleva desaparecido una semana, y te aseguro que jamás le haría algo así a su madre por propia voluntad. No después de perder a su padre hace dos años en la batalla contra la reina.

Se me revolvió el estómago.

—Este es su amigo Elliot, que desapareció hace dos semanas. Benji le dijo a su madre que iba a buscarlo —prosiguió Faye—. Lleva desde entonces desaparecido y no hemos vuelto a saber nada de ellos.

—Lo... lo siento —susurré, al tiempo que alzaba la cabeza para mirarla—. De verdad.

—Pues ayúdanos —me pidió Faye en voz baja—. Si lo sientes de verdad, ayúdanos a encontrar a mi primo y a esos otros jóvenes.

—Lo único que queremos saber es si la Orden sabe qué les pasó y si podrían estar pendientes por si los ven —intervino Tanner.

Faye desvió la mirada y tragó saliva—. Kalen ha salido a buscarlos, pero no ha descubierto nada.

Pegué un salto al oír el nombre del fae que había trabajado codo con codo con Ivy y Ren. Había supuesto que estaba con ellos y el príncipe Fabian.

—Os ayudaré —dije un instante después—. ¿Puedo quedarme con las fotos?

Tanner asintió.

—Preguntaré a los miembros, a ver si a alguno les resulta familiar. —Dudaba mucho que fuesen a confesar haber tenido algo que ver. En teoría, debían hacerlo, pero durante estos dos últimos años había aprendido que apenas había consecuencias para este tipo de situaciones—. Y me aseguraré de que estén alerta por si los ven.

Faye le entregó la foto de su primo a Tanner y este cerró la carpeta. Se levantó y se acercó a mí.

—Agradecemos cualquier ayuda por parte de la Orden.

Asentí, tomé la carpeta y me levanté con la esperanza de que ningún miembro de la Orden reconociera a estos jóvenes. Hacerlo implicaba que habían muerto de manera trágica e injusta.

Oficialmente, la reunión había terminado. Faye y Tanner me condujeron por un pasillo ancho en silencio. Cuando llegué, me habían llevado por la parte delantera, no por el precioso jardín, y ahora parecían estar haciendo lo mismo.

Empecé a ver a más faes cuando nos acercamos a la zona de la cafetería. Algunos estaban apartados del pasaje abovedado, otros iban y venían en grupos pequeños o solos. La mayoría no me prestó atención. Otros me miraron, curiosos, y unos pocos me escudriñaron con desconfianza mientras nos encaminábamos hacia el enorme vestíbulo que me recordaba al de un hotel lujoso.

—Contacta conmigo averigües algo o no —dijo Faye mientras pasábamos junto a varios sofás y sillas ocupados.

—Lo haré.

Hundí la mano en el bolso en busca de mi móvil. Tendría que pedir un Uber para volver a la sede de la Orden, en la calle St. Phillip. Miré a Faye y vi su expresión preocupada. Aquello me conmovió. Yo había pasado por lo mismo; esperar y esperar sin saber nada de ese ser querido que había desaparecido. Lo peor era la desesperación, la necesidad de hacer cualquier cosa con tal de dar con él y no saber si lo que hacías servía de algo o si era lo correcto siquiera.

Faye estaba pasando por todo eso.

Me detuve y posé una mano en su brazo. El gesto la sorprendió y giró la cara hacia mí.

—Seguro que tu primo está bien.

Ella me sostuvo la mirada.

—Eso espero. Después de perder a su padre...

Fruncí el ceño levemente y la voz de Faye se fue apagando. Ladeó un poco la cabeza cuando el vestíbulo se quedó en silencio y se giró hacia donde habíamos venido. Vi de soslayo que Tanner hizo lo mismo.

—Deberías marcharte ya, Brighton —susurró.

Me estremecí y se me erizó el vello de la nuca al reparar en su cabeza gacha. «No te des la vuelta. Sigue caminando». Me lo repetí mentalmente una y otra vez. La reunión ya había acabado y Faye tenía razón, debía marcharme ya.

Sin embargo, me giré, porque el instinto ya me había avisado de quién había llegado. Y una parte desquiciada y trastornada de mí quería verlo.

El príncipe había entrado en el vestíbulo vestido de forma muy parecida a la del sábado por la noche. Pantalones oscuros y camisa térmica negra. No miraba ni a Tanner ni a Faye ni a los otros faes.

Tenía los ojos claros, propios de un antiguo, fijos en los míos. «No te reconoció», me repetí una y otra vez, estremeciéndome.

Retrocedí. Craso error. Dios, uno terrible.

El príncipe entrecerró los ojos.

Tanner murmuró algo en su lengua natal y el príncipe habló. No entendí ni una sola palabra, pero tenía una voz profunda y fuerte, aunque suave a la vez.

Los faes se giraron para observarme porque el príncipe... no había dejado de mirarme.

Abrí la boca con el corazón desbocado. No sabía qué decir. Las palabras se me esfumaron de la punta de la lengua cuando el príncipe empezó a caminar hacia mí.

CAPÍTULO 9

La primera reacción que tuve al verlo fue darme cuenta de que había bastantes posibilidades de que me diera un infarto en ese mismo momento. Muerta antes de los treinta y uno, en mitad del grandioso vestíbulo del Hotel Faes Buenos.

Lo cual, suponía, era un pelín mejor que morir sola en casa, asfixiada entre pilas de libros polvorientos y de mapas hechos a mano.

Mi segunda reacción, y seguramente la más preocupante de todas, fue sentir una montaña rusa en el estómago seguida de una oleada de escalofríos que no tenían nada que ver con lo que era él.

Madre mía... Es que era... No encontraba las palabras adecuadas, solo me salía decir que me alteraba las hormonas de una forma muy estúpida.

No sé cómo me las apañé para no sufrir un ataque cardíaco o para no pegarme un puñetazo mientras venía hacia mí con la elegancia de un depredador. Yo era cien por cien humana, con cero habilidades especiales, pero muy capaz de percibir el poder que rezumaba, llenando cada recoveco del vestíbulo. Era supervivencia, supuse, alertar a la mente humana de que estaba en presencia de un depredador.

«No te reconoció», me repetí durante el trayecto hasta que se detuvo frente a mí. «No sabe que eras tú a la que le puso las manos encima...».

—¿Qué haces aquí? —inquirió.

Parpadeé un par de veces con la boca seca.

—¿Perdona?

Sus pupilas parecieron contraerse en respuesta a mi voz.

—Te he preguntado que qué haces aquí, Brighton.

Inspiré al oír mi nombre.

—¿Sabes cómo me llamo?

El príncipe ladeó la cabeza y la expresión que cruzó su rostro me hizo pensar que cuestionaba mi inteligencia.

Vale, le había preguntado una estupidez. Pero en mi defensa, aparte del sábado por la noche, cuando sabía que no tenía ni idea de que era yo, solo lo había visto otras dos veces, ambas muy brevemente. Y nunca nos habían presentado. Además, tampoco estaba segura de haberlo visto en el hospital. Podría haber sido una alucinación. O un sueño extraño. Como el que tuve el sábado por la noche en el que estaba sentada en su regazo y él me...

Ay, Dios. Abrí mucho los ojos y sentí una ráfaga de calor en la cara. No iba a pensar en eso estando delante de él, porque era raro. Raro y estúpido, aunque juraría haber sentido la calidez de sus manos en mis costados y sus labios en...

Madre del señor, tenía que parar.

Sus pupilas parecieron contraerse aún más a la vez que bajaba la barbilla. Inhalé profundamente. Ahora lo tenía más cerca y su olor... Dios, me recordaba a las tardes perezosas de verano. Estar tan cerca de él otra vez era como estar junto a una estufa.

Tanner carraspeó.

—Señor, la señorita Jussier está aquí en nombre de la Orden. Nos ayudará con los jóvenes desaparecidos.

—¿Ah, sí? —respondió con ironía.

Entrecerré los ojos.

—Sí. Tanner contactó con la Orden y ellos me han enviado a mí. Ya hemos terminado, así que me voy. —Me giré hacia Faye, que me estaba mirando como si hubiera perdido la cabeza—. Estaremos en contacto, Faye.

No llegué demasiado lejos.

En realidad, solo pude darme la vuelta antes de sentir los dedos cálidos del príncipe en mi muñeca izquierda. Al igual que la vez pasada, el contacto de su piel contra la mía fue como un chispazo en mi interior. Era casi como si estuviese cargado de electricidad, aunque no creía que eso fuera posible.

—¿Comprendes lo grave que es que esos jóvenes hayan desaparecido? —preguntó tan bajito que no creí que nadie más pudiera oírlo.

—Sí. —Eché un vistazo por encima de su hombro. Teníamos público; un público grande y curioso. Enervada, traté de liberar mi mano en vano—. Claro que sé lo grave que es.

—¿Y te importa? —Clavó aquellos ojos extraños y arrolladores en los míos.

Un escalofrío me recorrió los hombros.

—Sí, me importa. —Ofendida, volví a tirar del brazo, aunque sin éxito—. ¿Me sueltas o qué?

—¿Por qué te iba a importar a ti cuando a la Orden le da igual?

No me soltó.

—¿Cómo sabes que les da igual? —Rebatí, aunque sabía que tenía razón.

—Que me hayas tenido que preguntar me hace dudar de tu inteligencia —dijo—. Pero, bueno, ya tenía motivos más que suficientes.

Se me desencajó la mandíbula. Así, tal cual.

—¿Me lo dices en serio?

—Estoy bastante seguro de haber hablado perfectamente en tu lengua natal.

La ira me recorrió de pies a cabeza.

—Ni siquiera me conoces.

—Sí, sí que te conozco. —Bajó la voz todavía más, lo cual me provocó otro escalofrío indeseado y de lo más confuso—. Sé exactamente qué y quién eres.

Cerré las manos en puños.

—No sé a qué te refieres.

—Sabes tan bien como yo que a la Orden le importa una mierda lo que les pase a unos cuantos faes de verano. —Conforme hablaba, el espacio entre nosotros pareció evaporarse—. Y aquí estás tú diciéndome que a ti te importa cuando no eres siquiera capaz de admitir que a la gente para la que trabajas no podría darle más igual.

Abrí la boca y la cerré. Joder, tenía razón. Mucha razón, pero eso no significaba que a mí me diera lo mismo.

—Sí que me preocupa. De no ser así, no habría agarrado esta carpeta. No le habría dicho a Tanner y a Faye que lo averiguaría. Si me conocieras de verdad, sabrías que yo no miento.

El ruido que hizo Faye al inspirar me avisó de que había elevado la voz, aunque no así el príncipe, y de que al menos podía oírme a mí.

Me daba igual. La frustración y la irritación habían reemplazado hace mucho al miedo.

—Ahora en serio, ¿puedes soltarme el brazo?

El príncipe volvió a ignorar mi petición.

—No eres más que mentiras y fachadas.

Se me tensó el cuerpo entero ante aquel comentario. Se había acercado demasiado a la verdad.

—Que me sueltes.

Me aguantó la mirada a la vez que levantaba, uno a uno, los dedos sobre mi muñeca. Se me volvió a formar aquel nudo amargo en la garganta. El príncipe me había soltado y había bajado las pestañas, ocultando así su poderosa mirada, pero juraría que aún podía sentirla sobre mí.

—Te pido disculpas —murmuró—. Eso ha estado fuera de lugar.

Aluciné en colores. ¿Se estaba disculpando? ¿El príncipe?

—Pues sí. —Tragué saliva y me aparté de él.

—Aunque sea verdad —añadió.

—Vaya. Qué manera de estropear una disculpa —musité—. Aunque lo más seguro es que ni sepas por qué te estás disculpando.

—Sí que lo sé. Mis palabras te han hecho daño.

—¿Qué, también podéis oler eso?

Levantó aquellas pestañas gruesas y pesadas y la intensidad de su mirada me perforó. De pronto recordé el día en que me desperté en el hospital. Aquellos ojos.

—Percibo muchas cosas.

Vaya.

Vaaaaaaya.

Tenía la impresión de que se estaba refiriendo a antes, cuando estuve pensando en el sueño que había tenido. Joder, ¿no había ningún sitio donde pudiera esconderme? En ese momento, me prometí a mí misma no sentir nada cuando estuviera en su presencia o en la de cualquier otro fae.

Enarcó una ceja varios tonos más oscura que su pelo dorado.

—Espera. ¿Leéis la mente? —pregunté en voz baja y pensando que no sabía tanto de los faes como creía.

—No nos hace falta.

El alivio me embargó, pero desapareció enseguida cuando asimilé realmente sus palabras. «No nos hace falta». Lo cual significaba que con las emociones probablemente supieran qué pensaban los demás, o al menos hacerse una idea bastante clara.

Genial.

—Qué mal rollo, ¿no? —Abracé la carpeta contra el pecho.

Él crispó los labios.

—Tengo que irme. —Hice el amago de girarme una vez más y me obligué a no salir corriendo del vestíbulo como si este estuviera en llamas, pero me detuve y volví a encararlo—. Sí que me preocupan esos jóvenes. Los encontraré o averiguaré qué les ha pasado.

El príncipe inclinó la cabeza. Pasó un instante y luego asintió. Como este encontronazo tan incómodo había llegado a su fin —y menos mal—, fui a darme la vuelta otra vez.

—¿Brighton?

Decidí ignorar con todas mis fuerzas cómo el modo en que había pronunciado mi nombre me hacía pensar en las noches tormentosas de verano y lo volví a encarar, aunque el sentido común me gritaba que no lo hiciera. Pero es que no pude aguantarme. No es que me hubiera coaccionado ni nada, sino más bien que mi propio autocontrol dejaba muchísimo que desear. Lo miré con ironía y contuve un suspiro. Era el más fuerte y peligroso de su especie y, aun así, no pude evitar apreciar su belleza masculina.

—El pelo rojo te queda bien, pero me gusta más así.

Y entonces, con esas palabras de despedida, dio media vuelta y se fue. Me dejó allí con una única cosa clara en la mente.

El príncipe sabía que la del sábado por la noche había sido yo.

CAPÍTULO 10

Mierda.

Mierda.

Mierda.

Faye me siguió fuera. El cielo estaba nublado.

—Qué raro.

—¿A que sí? —Alterada, saqué el móvil y abrí la aplicación del servicio de transporte. Gracias a Dios, Faye no había oído lo que me había dicho el príncipe antes de marcharse—. Ha sido muy raro.

Tenía el pulso por las nubes, como si hubiera pasado una hora en la cinta de correr. El príncipe sabía que era yo, joder. Y seguro que también sabía por qué había desaparecido Tobias.

Me mordí el labio y eché un vistazo a los coches que había cerca. Me dieron ganas de quitarme el jersey, pero las reprimí. Aunque aquí fuera hacía frío, me sentía demasiado acalorada.

—¿Brighton?

Alcé la barbilla y miré a Faye. Ella me estaba contemplando, atónita.

—No te haces una idea de lo extraño que ha sido eso por su parte.

—Ya lo sé. Se ha puesto muy raro conmigo.

Ella negó levemente con la cabeza.

—No, no, jamás lo había visto hablar durante tanto tiempo con alguien.

—¿En serio? —Solté una risita y miré por encima del hombro hacia la puerta, que ahora solo parecía un trozo de metal oxidado. El encantamiento seguía en su sitio—. Apenas hemos hablado un minuto, dos a lo sumo.

Faye asintió.

—¿De verdad? —Bajé el móvil—. Pues no es mucho. ¿No suele hablar o qué?

—No.

—¿Con nadie?

—No. —Cruzó los brazos y se acercó a mí—. Ni siquiera con su hermano. Él... bueno, ya sabes por lo que ha pasado.

Y lo que les había hecho a otros estando en trance, pero eso me lo callé.

—No es muy comunicativo que digamos —añadió.

No parecía muy sociable, no, pero eso tampoco lo mencioné. Me pudo la curiosidad y pregunté:

—¿Ha estado aquí todo este tiempo? Me refiero a en la ciudad desde la lucha con la reina.

—Sí —respondió frunciendo el ceño—. No ha querido marcharse de Nueva Orleans ni siquiera para ir con su hermano a la otra gran comunidad de Florida.

Me pareció raro no haberlo visto y que nadie de la Orden mencionase habérselo encontrado durante las rondas, pero tenía la sensación de que el príncipe sabía perfectamente cómo ocultarse cuando quería.

Me entraron ganas de preguntarle si sabía por qué había ido al Flux en busca de un fae de invierno, pero al hacerlo también me habría puesto yo en evidencia.

Me aparté la coleta tras el hombro y volví a mirar la aplicación del móvil. Elegí el taxi más cercano.

—La verdad es que no sé qué decirte. Ha sido raro, pero ya está. Tengo que volver al cuartel general. La reunión de la tarde empieza dentro de nada y es la oportunidad perfecta para ver si alguien reconoce a los jóvenes.

—¿Qué te ha dicho? —insistió ella.

Con el móvil y la carpeta en la mano, me volví hacia la carretera y deseé que el coche apareciera por arte de magia.

—Nada importante —respondí.

Faye no contestó. Se quedó callada a mi lado hasta que el taxi llegó y me subí. Dudaba de que me hubiera creído. Al cerrar la puerta y echar un vistazo por la ventana, me di cuenta de que ya se había ido.

—¿La calle St. Phillips? —preguntó el conductor tras revisar mi solicitud en la aplicación.

—Sí. —No dejé de mirar al destartalado edificio de ladrillo mientras el conductor daba la vuelta y ponía rumbo de vuelta al canal—. Gracias.

Me recosté en el asiento con un suspiro en cuanto dejé de ver el edificio. Dios, ¿qué acababa de pasar? Normalmente nadie me prestaba atención, pero el príncipe, que por lo visto no hablaba con nadie, sabía que había sido yo la del sábado por la noche. Tenía la sensación de que se había enterado de que estaba allí y que por eso me buscó.

Deslicé una mano por la garganta y me encogí un poco ante la presión. El príncipe sabía lo que pretendía, pero no se lo había contado a Tanner ni a Faye. ¿Tampoco se lo iba a contar a la Orden?

¿Y a qué demonios se refería con lo de que sabía «exactamente qué y quién era»? Aquellas palabras me dejaron rayada durante el corto trayecto al cuartel general.

Le di las gracias al conductor, salí del coche y eché un vistazo a la primera planta de la tienda propiedad de la Orden. Mama Lousy vendía de todo, desde interesantes herramientas de vudú y especias N'awlins hasta bastantes artículos de hierro. En ella trabajaba uno de los hombres más huraños que hubiera conocido nunca. Jerome se jubiló de su puesto en la Orden hacía más de una década y acabó trabajando en lo que menos sentido tenía.

Su atención al cliente dejaba mucho que desear.

La verdad es que me sorprendió que Miles no me hubiese asignado a mí a la tienda. Resoplé antes de suspirar. Supuse que antes o después lo haría.

Eché un vistazo a través del escaparate de la tienda y divisé a Jerome tras el mostrador. Fulminaba con la mirada a los turistas que agarraban máscaras y se las probaban. No me vio, pero, de haberlo hecho, su actitud no habría mejorado precisamente.

Me dirigí hacia la entrada lateral con una sonrisa y abrí la puerta. Crucé el pasillo estrecho que olía vagamente a azúcar y a deportivas. En la cima de las escaleras había una camarita. Tras la intromisión del príncipe en modo asesino habíamos instalado una tecnología más avanzada. Había un sensor en la puerta, sobre el pomo. Pegué los dedos a él y esperé a que leyera mis huellas. La puerta se abrió al instante y reparé en que había llegado justo a tiempo.

Había al menos media docena de miembros de la Orden en la sala principal. Di con Jackie Jordan enseguida. La mujer de tez oscura estaba sentada en un escritorio con una pierna flexionada mientras miraba el móvil. Dylan se encontraba junto a ella vestido con unos pantalones militares negros y una camiseta ceñida del mismo color. Aparte de Miles, Ivy y Ren, eran los únicos miembros originales que quedaban. El resto había fallecido en la batalla o después, cuando los faes de invierno desataron su ira sobre Nueva Orleans por haber fracasado. Los habían sustituido miembros de otras ciudades o reclutas nuevos.

Sentí una pesadez familiar e indeseada en el pecho. Habíamos perdido muchísimo y se reflejaba en todos lados. En la mirada agotada de Dylan y Jackie, en las caras nuevas que vi en la sala principal.

Lo que nos había pasado a mi madre y a mí no había sido un acto aislado. Morir durante una batalla era mejor que que te persiguieran, te encontraran desprevenido y con la guardia baja y te asesinaran antes de que te dieras cuenta siquiera de lo que estaba pasando.

Eché un vistazo a la carpeta. ¿Le importaría a alguien que estos chicos hubieran desaparecido? Muchos habían perdido a sus amigos y familiares en la guerra contra los faes. ¿Les importaría que la corte de verano nos hubiese ayudado y hubiesen luchado codo a codo con nosotros?

Mucho me temía que sabía la respuesta a esas preguntas.

Bajé la barbilla con la carpeta pegada al pecho. Bordeé al grupo que aguardaba a Miles y pasé por delante de varias puertas cerradas y la sala de vigilancia, donde siempre solía estar nuestro líder. Y, efectivamente, ahí estaba, de pie en la sala atenuada y ante varias filas de monitores conectados a cámaras colocadas por toda la ciudad. No estaba solo.

Rick Ortiz estaba sentado y clicando para cambiar las imágenes en la fila superior de los monitores. Cuando entré, me miró por encima del hombro y enarcó una ceja oscura. Esa fue la única reacción del hombre de tez aceitunada al que habían trasladado de Houston a Nueva Orleans. Siguió clicando en la transmisión de vídeo.

Hice amago de hablar algo molesta, pero Miles se me adelantó:

—¿Qué tal la reunión?

¿Tenía ojos en esa nuca morena casi rapada suya o qué?

—Bien, pero me ha sorprendido.

—¿Y eso?

Carraspeé y avancé.

—Algunos jóvenes han desaparecido y les preocupa que hayan... sufrido una muerte prematura a manos de la Orden.

Rick resopló.

—¿Una muerte prematura?

—Pues sí. —Cambié el peso de una pierna a la otra—. Prematura porque los faes de verano...

—No se deben matar, lo sé. —Rick se recostó en el asiento y lo giró para mirarme de frente. Era guapo. Tenía el pelo oscuro y la barba recortada. Me gustaba llamarlo «Rick el Capullo» porque era más imbécil que guapo—. Pero me hace gracia que lo denominen «prematuro».

Pues a mí no me parecía gracioso y pasaba de continuar hablando de eso con él, así que me centré en Miles, que seguía sin mirarme. Estaba concentrado en una cámara que grababa la mansión encantada LaLaurie. La grabación no enfocaba a esa mansión, sino a la casa contigua de dos plantas donde se ubicaba uno de los portales al Otro Mundo. ¿Por qué la estaban observando tan atentamente? ¿Acaso había actividad? Se me cayó el alma a los pies.

La reina podía volver. Tenía el medio para hacerlo: un cristal que proporcionaba energía a los portales desde el Otro Mundo. Quise preguntar, pero no me dio tiempo.

Por lo visto, Rick el Capullo no había terminado todavía.

—¿Sabes qué otra cosa me hace gracia? Que crean que nos importa una mierda que algunos de esos engendros hayan desaparecido.

El suspiro de Miles fue tan fuerte que podría haber sacudido los monitores.

Inspiré hondo y conté hasta diez.

—Quieren saber si alguno de los miembros los reconoce y que estemos pendientes por si damos con ellos.

—¿Tienes fotografías de ellos? —inquirió Miles.

—Sí.

—Cuélgalas en el tablón para que todos las vean.

Fruncí el ceño.

—Eso pensaba hacer, pero quería preguntarles antes de empezar la reunión...

—No hace falta —me cortó Miles, y se giró hacia mí. Tenía entre treinta y muchos y cuarenta y pocos y había sido testigo de cosas horribles, sobre todo después de la traición de David. Me costaba muchísimo entenderlo y no recordaba haberlo visto sonreír nunca, ni una sola vez—. Con colgar las fotos basta.

No bastaba. Sabía que ni Dios miraba ese tablón. Todavía había una foto de los gatitos que Jackie había intentado que adoptasen hacía casi dos años.

—Solo voy a tardar un minuto. Uno de los chicos es primo de Faye —añadí. Como Faye había ayudado a la Orden muchísimas veces, creí que con eso accedería.

Miles se acercó a donde estaba y me quitó la carpeta de las manos. La abrió y echó un vistazo a las fotos.

—No me suena ninguno. —Se volvió hacia Rick—. ¿Y a ti?

Rick echó un vistazo y se encogió de hombros.

—A mí tampoco, pero es que me parecen todos iguales.

—¿Lo dices en serio? —Me tensé.

Él esbozó una sonrisa socarrona.

—Es verdad.

—No lo es, suena muy...

—No digas *racista* —me interrumpió—. Los faes no son humanos. No son personas.

—Madre mía. —Me entraron ganas de acercarme a donde estaba, pero me contuve—. Son una raza, así que el término es correcto.

—Las cosas no funcionan así —rebatió al tiempo que me lanzaba aquella sonrisita suya tan molesta.

Miles intervino antes de que pudiese contestar.

—Cuelga las fotos, Brighton. Les comentaré a los que están de ronda que estén pendientes. —Cerró la carpeta y me la tendió—. Pero te lo advierto desde ya, si alguno encontró a cualquiera de esos jóvenes y las cosas acabaron mal, nadie va a confesarlo.

Lo suponía, pero oírselo decir a Miles como si no fuese gran cosa me decepcionó.

—Pues deberían. No pueden hacerles daño. Si crees que lo han hecho, ¿no debería haber consecuencias?

Rick se echó a reír.

—¿Por qué te ríes? —inquirí. Me empecé a sonrojar.

—Tú no haces rondas, nena. Te sientas en una mesita a leer libros y analizar mapas. A veces echas una mano en la enfermería o con cosas que nosotros no hace falta que sepamos. Si salieras ahí fuera, sabrías que hay cosas que pasan en la calle y que vacilar te puede costar la vida. No vamos a castigar a nadie por hacer su trabajo.

Me empezó a entrar mucho calor y estuve a punto de tirarlo de la silla y contarle que sabía exactamente qué ocurría en las calles, pero logré contenerme.

—Primero, no me llames «nena». Y, segundo, no vengas a hablarme a mí de lo peligrosas que son las calles; créeme, lo sé mejor que tú.

Abrió la boca para contestar, pero yo todavía no había acabado de hablar.

—No hay que tocar a los faes de verano y punto. Esa no es nuestra labor, y los protocolos nuevos...

Rick resopló y alzó las manos.

—Que les den a los protocolos nuevos.

—Pero ¿tú lo estás oyendo? —Me dirigí a Miles, exasperada.

—Os agradezco a ambos que señaléis lo obvio y que habléis como si fueseis los jefes de todo este tinglado —repuso Miles con sequedad—. Cuelga las fotos, Brighton. Y tú —le dijo a Rick—, cierra el pico y márchate.

Tras eso, Miles se fue y silbó con fuerza para llamar la atención de la gente que esperaba en la sala principal.

Me había despachado sin hacerlo directamente. Muy fuerte todo. Pero bueno, no debería sorprenderme. Tanto para Miles como para los demás, yo no era indispensable.

Rick se levantó y me rozó el hombro al pasar junto a mí. Se paró en el umbral y esperó hasta que me volví hacia él.

—¿Qué?

Se me quedó mirando durante un momento.

—No lo entiendo.

—¿El qué?

—Que te preocupes por esos malditos faes después de lo que os hicieron a tu madre y a ti.

Se me revolvió el estómago, pero lo ignoré.

—Quienes nos atacaron a mi madre y a mí fueron los faes de invierno, no los de verano. No fueron estos chicos.

—¿Importa acaso de qué corte sean? ¿Qué diferencia hay? —rebatió, desafiante.

—Pues sí que la hay.

Tenía que haberla.

Su expresión demudó en algo similar a la pena.

—En fin, da igual. Sabes que colgarlas no va a servir una mierda, ¿no?

—¿Por qué? —pregunté al tiempo que bajaba la carpeta—. ¿Porque no le va a importar a nadie?

—Pues sí, y porque si han desaparecido y algún miembro los reconoce, seguramente ya no estén en este mundo. A efectos prácticos, están muertos.

Capítulo 11

Tras copiar las fotos, las clavé en el tablón de anuncios, por encima del cartel de los gatitos de Jackie, aunque Rick no creyera que fuera a servir para algo. También me las había apañado para arrinconar a Jackie antes de que saliera a patrullar. No reconoció a ninguno de los jóvenes y le creí. Ella estaba chapada a la antigua y no le gustaban las hadas en general, pero no era una mentirosa.

Cuando llegué a casa, nos preparé a Tink y a mí hamburguesas para cenar, recogí todo y luego subí al dormitorio para cambiarme.

Había otro sitio en la ciudad llamado, irónicamente, La Corte de Canal el cual los faes frecuentaban. Era un poquito más tranquilo en la planta baja, pero para ser un lunes por la noche, el bar estaba sorprendentemente animado. La segunda planta no era tan tranquila. Era... bueno, había visto *cosas* ahí arriba. Cosas que ni el ácido bórico podría borrarme de las retinas ni del cerebro.

El sitio estaba cerca del Barrio Francés, un antro que los turistas y muchos lugareños pasaban por alto. Había visto a uno de mis objetivos allí una vez, pero lo había perdido de vista en cuanto se marchó.

La Corte de Canal no aparecía en Google ni en ninguna lista de sitios que ver en Nueva Orleans.

El bar estaba donde no debería haber nada.

Lo había encontrado en uno de los mapas de mi madre y un día fui a comprobar la ubicación y descubrí que era un sitio muy real; un sitio del que ni siquiera la Orden parecía tener constancia.

Una vez terminara de dar caza a los faes que nos atacaron aquella noche, le entregaría los mapas a Miles. Le hablaría de La Corte... y de los otros sitios. Pero aún no.

Esperaba que esta noche fuera tan fructífera y no tan memorable como la del sábado. No me preocupaba toparme de nuevo con el príncipe, aunque era evidente que sabía que era yo. Había venido a La Corte muchas veces y nunca lo había visto allí.

Además, pensaba estar pendiente de los jóvenes desaparecidos. Sabía que era improbable, pero al menos esperaba ver a uno de ellos allí.

Tras una ducha rápida, me recogí el pelo y empecé con el ritual de volverme otra persona. Entré en el vestidor sabiendo perfectamente qué ponerme esta noche.

Un vestido negro, corto y sencillo.

Lo descolgué y me enfundé en él. Cuando tiré del dobladillo hacia abajo, me alivió ver que era de punto y un poco elástico. Me llegaba hasta la mitad del muslo. Me giré hacia el espejo de cuerpo entero y me incliné hacia delante para hacer la prueba de fuego.

Los pechos casi se me salían por encima del pronunciado escote y se me veía el culo por debajo del material elástico.

Me enderecé y me pasé las manos por el lateral del vestido. Vale. Nada de agacharse en público, entonces.

Puse los ojos en blanco, tomé el estuche de maquillaje y me dirigí al baño. Maquillarme me llevó un buen rato porque tenía que ir despacio para hacerlo bien, pero cuando acabé, estaba prácticamente irreconocible. Me había contorneado las mejillas de manera que pareciera tener pómulos altos y angulosos. Me había delineado los labios para darles grosor y los había pintado con un color que solo era un tono o dos más oscuro que el mío natural. Incluso me retoqué las cejas antes de ponerme con los ojos. Me los maquillé de manera que tuvieran un aspecto ahumado, oscuro y misterioso. Como no iba a usar lentillas, decidí ponerme pestañas postizas y recé por no terminar con un orzuelo en el ojo a lo largo de esta noche.

De nuevo en el vestidor, rebusqué entre la selección de pelucas mientras me mordía una uña. Rubia. Pelirroja. Castaña. Morena. Morada. Las pelucas coloridas llamarían demasiado la atención en un lugar como La Corte, así que elegí la negra, con el pelo hasta la barbilla, y me la coloqué antes de peinarla para que quedase suave y lisa.

Ponerme las botas fue... difícil. Como estaban hechas de alguna especie de material elástico que cubría las pantorrillas y las rodillas sin cremallera, casi terminé lanzándolas al otro lado del dormitorio tratando de ponérmelas. Para cuando terminé de vestirme tenía la frente perlada de sudor.

Me costaba respirar cuando me coloqué la pulsera de hierro en la muñeca. Me giré hacia el espejo y sonreí a mi reflejo.

—Parezco Aeon Flux —dije, ladeando la cabeza—. Una versión mucho más putón de Aeon Flux. Perfecto.

* * *

La Corte de Canal parecía un..., bueno, un tugurio desde fuera. La clase de sitio en el que esperarías pescar una intoxicación con la langosta si eras lo bastante valiente como para comer cualquier cosa que sirvieran, pero el interior era totalmente lujoso.

La barra y los reservados estaban hechos con madera restaurada del Katrina. Unos taburetes de piel robustos y unas mesas altas y redondas relucían por toda la estancia. Jamás verías una servilleta en el suelo de los reservados privados que bordeaban la pared por detrás de las mesas.

Con tan solo un bolsito negro en la mano, me encaminé hacia la barra completamente consciente de las miradas que me seguían y me estudiaban mientras fingía no darme cuenta de nada.

Me resultaba raro saber que vestida *así*, con *este* aspecto, no era invisible. Ya no era un fantasma, sino...

¿Qué era lo que me había dicho el príncipe?

«No eres más que mentiras y fachadas».

Pff.

Tenía razón, y lo odiaba con toda mi alma por ello.

No era esta encarnación de mí misma. Me entró mucha vergüenza cuando oí que un hombre sentado en una de las mesas me silbó.

Pero tampoco era la Brighton de antes del ataque. Esa había desaparecido la noche en la que tendría que haber muerto. Porque a pesar de la vergüenza que me dio la atención que estaba recibiendo, sonreí un poco.

Tal vez el príncipe se equivocaba.

Tal vez no fuera todo fachada.

No tenía ni idea.

Tratando de parecer lo más femenina posible, me senté en un taburete, crucé las piernas y dejé el bolsito en la barra.

Había un barman humano al otro lado, al igual que una fae. No sabía si la mujer realmente trabajaba aquí, pero era a la que siempre veía sirviendo belladona a la clientela sobrehumana.

Ahora mismo, estaba llevando una bandeja entera de copas a uno de los reservados junto a la pared. Desvié la mirada. Había un puñado de faes hablando y bebiendo entre los humanos. Ninguno de ellos me resultaba familiar.

Y tampoco eran los jóvenes desaparecidos.

Al menos, por ahora.

—¿Qué te pongo?

Me giré hacia el barman y sonreí. Era joven y tenía la mirada lúcida, centrada. Era evidente que no estaba bajo ninguna clase de influjo o coacción, pero tenía que saber que no todos los clientes eran humanos. Era imposible, vaya, con todas esas copas de belladona y las cosas que sucedían en la planta de arriba.

—Un ron cola —dije.

—Ahora mismo. —Agarró una copa y se dispuso a preparar la sencilla bebida—. ¿A cuenta o prefiere pagar ya?

—En efectivo. —Abrí el bolso y le tendí el dinero—. Gracias.

El hombre sonrió y luego se alejó a atender a otro cliente al otro extremo de la barra. Le di un sorbo a la copa y me giré sobre el taburete para poder mirar a toda la planta baja del bar y a la vez no perder de vista el pasillo de atrás, donde el ascensor llevaba hasta la planta superior. Saqué el teléfono y fingí estar distraída con él mientras escudriñaba el local.

En cuestión de unos instantes, otros dos faes entraron y su encantamiento desapareció para dejar paso a una piel plateada y luminosa. Se dirigieron directamente al pasillo trasero.

La planta de arriba... ofrecía otro tipo de servicio, otro que satisfacía a los faes que no solo venían buscando alimentarse, sino también sexo.

Mucho sexo.

Solo había estado allí una vez, y había sido pura suerte, porque me colé tras un grupo de humanos guiados por dos faes. Con esa vez ya tuve suficiente.

Los humanos a los que seguí no estaban bajo el efecto de ningún encanto. A juzgar por las risitas y las apuestas susurradas, estaban al tanto de al menos una de las cosas que acontecían arriba.

—Disculpa.

Miré por encima del hombro y vi a un hombre humano. Era mayor, tal vez rondaba los cincuenta. Alto, moreno y con canas a la altura de las sienes. Era guapo e iba vestido con un bonito traje de chaqueta oscuro. El hombre era lo que Ivy habría llamado un «madurito sexi».

Estaba bastante segura de que Tink lo llamaría «Papi».

Al instante quise pegarme un puñetazo en la cara para hacer desaparecer la imagen mental que acababa de crear.

El hombre sonrió y... joder, sí que era guapo; si fuera otra persona, me habría encantado muchísimo su atención. Sin embargo, no había venido para conocer maduritos sexis.

—Estoy esperando a alguien —me excusé.

Él hundió la barbilla y se rio por lo bajo.

—Él ya me avisó de que dirías algo así.

Enarqué las cejas, sorprendida.

—¿Él? ¿Quién?

—No estoy aquí para invitarte a una copa o para seducirte —se explicó.

Ah.

Ah.

Vaya, qué incómodo. De pronto sentí ganas de bajarme del taburete y marcharme.

—Perdone.

El hombre sonrió, tenso, a la vez que desviaba la mirada por encima de mi hombro, hacia el barman. Asintió.

—Me llamo Everest. Soy el dueño de La Corte y he venido para acompañarte fuera.

Atónita, lo único que pude hacer fue quedármelo mirando un momento.

—¿Disculpe?

Everest se me acercó, aunque sus ojos marrones no eran tan cálidos como su sonrisa.

—Querida, tu presencia no es bienvenida aquí.

Un escalofrío me recorrió la espalda mientras le devolvía la mirada. En mi mente solo cabía una posibilidad. Por algún motivo, sabía que pertenecía a la Orden y él organizaba todo lo que ocurría en el local.

No obstante, me hice la tonta. Levanté la copa y le di un sorbo.

—¿Puedo preguntar por qué?

No respondió. Solo me sonrió sin ganas. Por el rabillo del ojo, vi a un hombre enorme girarse en nuestra dirección. Otro humano con un traje bonito y caro venía hacia nosotros. Un guardia de seguridad.

Y entonces caí. Everest había dicho... Agarré la copa con fuerza y me incliné hacia el dueño.

—Está aquí, ¿verdad?

Everest siguió sonriendo.

—El príncipe —dije, y lo pronuncié tan alto que la mujer sentada a una mesa cercana se giró y me miró.

La sonrisa desapareció de la cara de Everest y esa fue confirmación suficiente para mí.

Hijo de puta.

No me lo podía creer. ¿Estaba en el Flux y ahora también aquí? Y no solo estaba aquí, sino que encima estaba en posición de pedirle al dueño del local que me echara. Un local que, por cierto, frecuentaban las hadas de invierno.

Al menos yo tenía una buena razón para estar aquí; una un tanto psicótica, pero una de peso al fin y al cabo, y el príncipe no iba a interponerse en mi camino.

Ni de broma.

La ira bulló en mi interior como una erupción solar. No pensaba dejarlo interferir en mi plan. Que se fuera olvidando.

—Puedes decirle a su Alteza Real que este es un lugar público y que él no decide ni a dónde puedo ir ni qué hacer.

El hombre abrió los ojos como platos.

—Aun así, como propietario del local, yo sí que decido quién entra y quién se va.

—Cierto —concedí, dándole otro sorbo largo y copioso a la copa. Me habían educado para ser una noble dama sureña, pero en estos momentos estaba cabreada—. ¿Te ha dicho lo que soy?

Everest levantó una mano y detuvo al de seguridad a medio camino de nosotros.

—No sé si te lo habrá dicho o no, pero te aseguro que puedo causarle muchos problemas a tu precioso local, y cuando digo muchos, es *muchos*. —Ahora fui yo la que sonreí de oreja a oreja—. Así que a menos que quieras que eso ocurra, puedes decirle al principito que se meta las órdenes por el culo.

Everest ladeó la cabeza ligeramente y se quedó callado un buen rato. Luego, dijo:

—¿Por qué no se lo dices tú misma?

CAPÍTULO 12

El vello de la nuca se me erizó. Tomé aire al tiempo que Everest retrocedía y chocaba las manos. Bajé la bebida despacio y miré por encima del hombro.

El príncipe se encontraba a menos de treinta centímetros de mí.

Me fijé de inmediato en que hoy parecía otro. Haberse apartado el pelo de la cara le sentaba fenomenal. En lugar de vestir una camiseta térmica llevaba otra negra y de seda que le quedaba como un guante.

Aun así, seguía igual de cabreado que las dos últimas veces que lo había visto.

Bueno, diría que incluso más.

—Te aseguro, *Sally*, que no tengo intención de meterme nada por el culo.

Por su forma de utilizar mi nombre falso deduje que no le había sentado muy bien.

—Mira qué bien, aunque no es asunto mío.

—Sí que lo es.

Retrocedí con los ojos bien abiertos.

—Pues no sé por qué.

Alzó su mirada azul hacia Everest y asintió. Ni siquiera tuve que girar la cara para saber que el hombre se había marchado.

Antes de decir nada más, me quitó la bebida de la mano y la dejó en la barra. A continuación, envolvió una mano en torno a la mía. Esta vez no opuse resistencia porque sabía que nos estaban observando.

Desvié la mirada hacia nuestras manos agarradas a la vez que el príncipe me obligaba a ponerme de pie.

—Me estás empezando a tocar las narices —dijo.

—Y lo haré todavía más como intentes obligarme a irme —repliqué, clavando los ojos en él—. Montaré un numerito tan bochornoso que tendrás que pasarte el año que viene reescribiendo los recuerdos de toda esta gente.

Le palpitó un músculo de la mandíbula mientras me observaba atentamente.

—Un numerito, ¿eh?

—Sí. Y ahora suéltame. Quiero otra copa. —Lo cierto era que el plan de esta noche había hecho aguas, pero me quedaría un poco más solo por principios—. Y unas alitas de pollo. —Aunque no tenía ni idea de si las servían aquí—. Y después, un postre. Me apetece un postre, y ninguno de esos planes te incluye a ti.

El príncipe entrelazó los dedos con los míos y evitó que me soltara.

—Tenemos que hablar.

—Negativo.

—Insisto, lucero.

¿«Lucero»? Puse una mueca.

—No tenemos nada de qué hablar...

Jadeé porque se acercó mucho y muy rápido frente a humanos y faes por igual. Con la mano libre me acunó la mejilla, separó los dedos y me ladeó la cabeza hacia atrás mientras él inclinaba la suya hacia delante.

¿Iba a... besarme? Me pareció una respuesta un tanto extraña en estos momentos. Acercó nuestras bocas hasta estar a escasos centímetros y el pulso se me descontroló.

—¿Qué haces?

Sentí su respiración contra mis labios al contestar.

—Deberías haberte marchado cuando tuviste la oportunidad. Ahora tú y yo vamos a tener una conversación que deberíamos haber tenido hace tiempo y te vas a comportar.

—¿A comportar? —repetí.

Él asintió y entrecerró la mirada.

—Ni se te ocurra ponerme a prueba.

El corazón me dio un vuelco.

—¿Me estás amenazando?

—Te estoy advirtiendo —me corrigió.

—Es casi lo mismo.

Crispó los labios como si tuviera ganas de sonreír.

—Si quieres montar un numerito, hazlo. Si hace falta, te echo al hombro como un saco de patatas, y con ese vestido... —Se reclinó y sentí su mirada como una caricia abrasadora por mi cuerpo—. No creo que te apetezca.

Pues no.

Para nada.

Él pareció notarlo y me atrajo hacia su costado. El contacto hizo que me estremeciera. No porque fuera brusco, que no lo fue, sino porque sentir su cuerpo contra el mío me dejó aturdida.

Me soltó la mano, pasó un brazo por mis hombros como si fuésemos amigos o tuviéramos un rollo y me separó de la barra. La gente, tanto humanos como faes, se nos quedó mirando, aunque los segundos parecían mostrar algo distinto a la curiosidad. Mientras caminábamos junto a ellos, retrocedían y nos daban —o le daban al príncipe, más bien— espacio. Sus expresiones reflejaban desconfianza y miedo. Sabían quién era.

Entonces, ¿qué hacía aquí?

Con el bolsito bien agarrado, caminé junto a él por el estrecho pasillo y dejé atrás los servicios y el ascensor. Me condujo hacia una puerta batiente que rezaba «Solo personal autorizado». La abrió con la mano libre y entramos en una pequeña cocina llena de humanos que ni siquiera se inmutaron al vernos. Nos dispusimos a abrirnos paso entre ellos y apenas logramos esquivar a un camarero que llevaba una bandeja con un montón de alitas de pollo.

Pues sí que tenían... y parecían estar para chuparse los dedos.

Me rugió el estómago lo bastante fuerte como para que el príncipe inclinara la cabeza y me lanzase una mirada interrogante.

—¿Tienes hambre?

—No —mentí.

Curvó la comisura de la boca a la vez que llegamos a otra puerta. Cuando la abrió, vi otro pasillo y unas escaleras estrechas.

—¿Debería preocuparme por no saber a dónde me llevas?

—Deberías preocuparte siempre. —Y dejó caer el brazo—. Sube.

—Eso no me ayuda mucho que digamos —respondí al tiempo que echaba un vistazo a las escaleras a oscuras—. Siento unas vibras horribles de peligro inminente.

—¿Eso es lo único que sientes? —preguntó.

Arrugué la nariz.

—Ni sé a lo que te refieres ni quiero saberlo.

Él esbozó una sonrisa socarrona.

—Sube, Brighton.

Aunque estábamos solos, que usase mi nombre real me sorprendió. Desvié la mirada a las escaleras y solté el aire despacio.

Era una locura, pero mi instinto me decía que con el príncipe estaba a salvo. Podía equivocarme, pero era consciente de que, si intentaba huir, no lo conseguiría, así que empecé a subir.

Me siguió sin mediar palabra. Llegamos a la planta de arriba y a un pasillo oscuro desde el que se oía el retumbar de la música, que parecía provenir del otro lado de las escaleras. Olía a... buñuelos recién hechos. Me entraron ganas de preguntar, pero el príncipe pasó por mi lado y el calor de su cuerpo me instó a morderme el labio. Abrió la puerta y eché un vistazo al interior. La estancia era redonda. Había un banco largo y acolchado contra la pared y una mesa de comedor en el centro, sobre la que vi una copa llena de un líquido morado intenso. Belladona.

—¿Qué es este sitio? —pregunté mientras me cruzaba de brazos.

—Un comedor privado. Hay cinco más en esta planta. Bonito pelo, por cierto —comentó antes de volver a pasar por mi lado.

—Calla, anda —murmuré.

Agarró la copa de belladona con una sonrisa.

—Sigo prefiriendo el rubio.

—Y a mí me sigue importando una mierda. —Lo vi dirigirse al banco acolchado y tomar asiento—. ¿Qué haces aquí?

—Podría preguntarte lo mismo, pero ya sé la respuesta.

Dejé pasar el comentario.

—A este sitio vienen faes de invierno y tú eres el príncipe de verano. No entiendo cómo puedes estar aquí con ellos y encima bebiendo.

Me miró mientras le daba un sorbo a la copa.

—Le echo una mano a Everest asegurándome de que ningún fae se pase de la raya.

Interesante.

—¿Y a los de invierno no les importa que estés aquí?

—Normalmente no me ven hasta que ya es demasiado tarde. Hoy es distinto porque cierta persona se ha negado a marcharse.

—Tal vez tendrías que haberme dejado a mi aire —repliqué mientras empezaba a pasearme por la estancia—. Ahora en serio, ¿qué es este sitio? ¿Una tapadera para que los faes pasen el rato y se alimenten?

—Everest es... un hombre de negocios que sirve a todo el mundo. —Apoyó la copa en la rodilla—. Lo hace con la mayor discreción posible y provee a ambas especies de un espacio seguro.

—¿Un espacio seguro?

—Los faes vienen y satisfacen sus necesidades sin hacerles daño a los humanos.

Abrí la boca.

—Ya he visto lo que hacen aquí arriba.

Él ladeó la cabeza.

—¿Y eso? No sabía que te fuesen ese tipo de... actividades.

—Y no me van —espeté, sonrojada. Le di la espalda y seguí paseándome—. Subí una vez por error.

El príncipe tardó en contestar.

—Cuando lo hiciste, ¿te pareció que los humanos estaban aquí en contra de su voluntad?

—Anda, ¿no me digas que son voluntarios? —lo enfrenté—. ¿Quieres que vaya a por uno o qué?

—Everest ya lo ha hecho.

Entrecerré los ojos al verlo esbozar una sonrisita.

—A veces, cuando Everest espera cierta... clientela, me avisa para que venga por si acaso.

Le di vueltas a lo que había dicho.

—¿Cómo es que los humanos guardan el secreto sin haberlos encantado?

—¿Quién les creería?

—Podrían conseguir pruebas.

—Qué va —repuso antes de volver a darle un trago a la copa—. ¿Eres consciente de que no te volverán a dejar entrar?

Sonreí con malicia a la vez que retomaba los paseos delante de él.

—No me preocupa. Puedo volver a entrar cuando quiera.

—Estará pendiente de ti.

—No me reconocerá.

—Pero yo sí, siempre.

Me estremecí, inquieta por sus palabras.

—¿Vives aquí acaso? ¿Siempre estás aquí o qué?

El príncipe no respondió.

—¿Qué crees que pasará si la Orden descubre este sitio? No dejarán que siga abierto.

—¿Y quién dice que no lo sepan ya?

Me detuve y lo fulminé con la mirada.

—¿Insinúas que Miles conoce este sitio y no lo ha cerrado?

—Yo no he insinuado nada, tú lo has dado por sentado.

Me quedé callada. Mi primera reacción fue no creerlo, pero la Orden había mentido en muchas cosas y se había guardado tantos secretos. Podría ser cierto que algunos miembros ya supiesen de la existencia de este sitio.

—En cuanto te vi el sábado, supe que eras tú.

—Lo suponía —repliqué, pero siguió jodiéndome igual—. Si sabías que era yo, ¿por qué no me lo dijiste?

Él se quedó callado un instante.

—Quería ver hasta dónde estabas dispuesta a llegar.

Me sonrojé.

—No muy lejos.

El príncipe enarcó una ceja.

—Tenía la mano justo encima de tu...

—Ya sé dónde tenías la mano —lo corté, acalorada—. Créeme. No es algo que vaya a olvidar en un futuro cercano.

—De eso no me cabe duda —murmuró mientras esbozaba una sonrisita.

Entrecerré los ojos.

—No lo digo en el buen sentido.

—Me gustaría saber algo —comentó él también con los ojos entornados—. Si no te gustó, ¿por qué lo permitiste?

Respiré hondo.

—Estaba fingiendo estar hechizada.

—Ya.

—¡Que sí!

—Si tú lo dices...

Sabía por dónde iba, así que estuve a punto de tirarle el bolso a la cara. Menudo tipo más insufrible, sobre todo porque tenía razón y odiaba que así fuera.

—Sigo sin saber cómo descubriste que era yo.

—Simplemente lo supe —respondió, sin más.

Me cabreé. Dejé el bolso en la mesa y decidí que yo también podía preguntar cosas incómodas.

—Entonces, ¿por qué fuiste al Flux? Una discoteca que tus enemigos frecuentan tan a menudo.

Pasó el pulgar por el borde de la copa.

—Buscaba a Tobias, pero eso ya lo sabías.

—¿Y por qué lo buscabas?

—¿Siempre haces tantas preguntas?

—Has sido tú quien quería hablar —le recordé y me volví a cruzar de brazos—. ¿Por qué lo buscabas?

—Sabe dónde encontrar a alguien con quien necesito hablar.
—Su mirada descendió y dejó entrever una dentadura blanca y

perfecta al morderse el labio inferior—. Pero, bueno, regresó al Otro Mundo con esa información —añadió, y yo desvié la vista.

—Mentiría si dijese que lo siento.

—Obviamente —repuso con ironía.

—¿Qué información crees que sabía? —pregunté.

—Conoce el paradero de cierto antiguo al que me encantaría matar.

Enarqué las cejas.

—A ver si lo adivino, ¿uno que se cambió al bando de la reina?

El príncipe asintió.

—¿Sabes cómo se llama?

Contestó un instante después.

—Aric.

El nombre me sonaba.

—Tobias mencionó a alguien con ese nombre.

Se quedó tan inmóvil que hasta pareció dejar de respirar.

—¿No me digas?

—Sí, dijo que Aric iba a encontrarse con él y otros faes. Que llegaría dentro de una hora.

—¿En serio?

Asentí.

—Eso fue lo único que dijeron de él.

El príncipe maldijo en voz baja.

—Genial. —Levantó la copa y apuró la belladona que quedaba de un solo trago—. Sé por qué fuiste al Flux y por qué has venido esta noche. Sé lo que te hizo Tobias.

Me lo quedé mirando, atónita.

—No tienes...

—Sé que fue uno de los cinco faes que os atacaron a tu madre y a ti. —Se inclinó para dejar la copa vacía en la mesa. No retrocedió, sino que apoyó las manos en las rodillas y se me quedó mirando—. Sé que quieres vengarte de ellos por lo que te hicieron y que has venido esta noche para dar con alguno de los otros. Por eso te pones en peligro.

Dejé caer los brazos, avancé hacia él y me detuve con el estómago revuelto.

—¿Cómo...? —Se me cerró la garganta—. ¿Cómo lo sabes?

Tardó en contestar.

—Porque estás haciendo lo mismo que yo, aunque por razones distintas.

Tomé aire de manera entrecortada. Me temblaban los brazos.

—Sé lo que se siente cuando te consume la venganza y la necesidad de buscar justicia contra aquellos que te han hecho tanto daño. Lo entiendo. Por eso busco a Aric. Antaño fue un gran amigo mío y sé que fue él quien me engañó para que cayera en el embrujo de la reina —explicó. Sentí una opresión en el pecho—. Sé que sigue vivo y que está aquí. Lo encontraré y lo mataré por lo que me hizo. Y como encuentre a la reina, también la destrozaré.

Tal vez sonase raro, pero lo entendía. Dado lo que le había hecho y le había obligado a hacer, no me extrañaba lo más mínimo.

—Vaya —repuse con voz ronca. Noté un nudo en la garganta—. Supongo que tenemos eso en común.

—Sé lo que es quedarse despierto por las noches pensando en todo lo que podrías haber hecho para cambiar lo que pasó o para haberlo evitado.

—¿Podrías haberlo evitado? —pregunté con sinceridad—. Te hirieron durante la batalla, ¿no? Te debilitaron.

—Creo que fue Aric quien me clavó una espada en el pecho y el que está tratando de que la reina regrese.

Abrí mucho los ojos. ¿Una espada? Madre mía, mira que lo del Otro Mundo sonaba arcaico, pero eso de las espadas... Sacudí la cabeza.

—La reina te embrujó, no tuviste otra opción.

—Soy consciente de lo que hice bajo sus órdenes. A todos los que herí y maté. Cada acto horrible que cometí. —Entornó los ojos y el corazón me dio un vuelco—. Recuerdo con todo lujo de detalles lo que le hice a Ivy.

Apreté los labios y reprimí unas lágrimas repentinas. No me podía ni imaginar por lo que estaba pasando. En parte era peor que lo que nos había sucedido a mi madre y a mí. Él había sido el malo, había hecho cosas horribles, y vivía con la culpa a pesar de no ser cosa suya.

—No fue culpa tuya.

—Dime que cuando me miras no piensas en que secuestré a Ivy. En todos los miembros de la Orden a los que maté con mis propias manos. Dime...

—Lo hago —confesé, encogiéndome—. Sí que pienso en ello, pero también sé que no fue culpa tuya. No tuviste opción. Estabas bajo su control —repetí, creyéndolo de veras.

—Y tu madre y tú estabais sobrepasadas en número por criaturas cien veces más fuertes y rápidas que vosotras —dijo al tiempo que me miraba—. ¿Podrías haber hecho algo?

—Si hubiese entrenado más, podría haber resistido —contesté sin vacilar.

Él se me quedó mirando durante un momento.

—Habrías muerto incluso con entrenamiento, lucero. Tienes alma de guerrera, pero con eso no basta.

¿Alma de guerrera?

Eso me pareció... bonito.

—Tienes que dejarlo, Brighton.

Me mordí el labio, desvié la mirada y negué con la cabeza.

—¿Dejarás tú de buscar a Aric? ¿Pasarás página y dejarás de clamar venganza?

—Lo mío es distinto.

Puse los ojos en blanco.

—¿Por qué? ¿Porque eres el príncipe?

La sonrisa no le llegó a los ojos.

—Sí.

Me cabreó que entendiera mis razones y que, aun así, tratase de detenerme. Levanté las manos.

—No puedes impedírmelo.

Él arqueó una ceja y se reclinó en el banco.

—Sí que puedo.

La charlita a corazón abierto había acabado.

—¿Sabes qué? Ni siquiera sé por qué te importa. Apenas nos conocemos. Tú eres el príncipe y yo soy solo yo. Soy... —Casi dije que era invisible, pero me contuve.

—¿Eres qué? —La curiosidad invadió su expresión.

Sacudí la cabeza.

—Da igual. Agradezco que te preocupes, de verdad. No me lo esperaba, pero lo agradezco. No cambia nada...

—¿Qué eres? —insistió.

Apreté los labios y negué con la cabeza, frustrada.

—¿Qué ibas a decir? —Y seguía.

—Que solo soy invisible —confesé. Me sorprendió admitirlo en voz alta, porque ya no podía retractarme—. Así era antes del ataque y...

Él se me quedó mirando atentamente.

—¿Y ya no lo eres?

—Ya no sé lo que soy —afirmé, todavía reprimiendo las lágrimas—. Ni siquiera sé por qué te estoy contando esto. Si ni siquiera me caes bien.

—No me conoces.

—¿Sabes qué? Es verdad. Y digas lo que digas, tú a mí tampoco. —Me dirigí hacia la puerta—. Se acabó la conversación y tu intromisión. Haz lo que te dé la gana y yo haré lo mismo. Adiós, príncipe.

—Tienes razón. —Le palpitó un músculo de la mandíbula—. No eres más que una humana. —Lo dijo como si fuera una enfermedad venérea—. Tú misma lo has dicho, ya estás medio muerta. Si quieres morir, allá tú.

CAPÍTULO 13

Esas últimas palabras del príncipe me afectaron más de lo que deberían. Había una parte de mí, una minúscula y estúpida parte a la que le dolió. Mi parte más racional sabía que era una estupidez porque yo misma me había llamado «invisible».

Pero oírselo a él...

Para empezar, la Brighton de hacía dos años jamás se habría visto en esa tesitura y, en caso de que sí, habría salido corriendo para lamerse las heridas por muy pequeñas que estas fueran.

Pero yo ya no era así.

Tal vez estuviera pasando por una crisis de identidad, pero en este momento no era invisible. Ya no.

Lo miré a los ojos y sonreí a la vez que levantaba una mano y le enseñaba el dedo corazón.

Sus fosas nasales se dilataron.

Y entonces me giré y salí de la extraña habitación con la cabeza bien alta.

En cuanto tiré de la maldita puerta y la cerré con fuerza a mi espalda, mi mente empezó a funcionar a toda máquina y reproduje cada palabra que habíamos intercambiado. Tenía la cabeza hecha un lío, principalmente porque nunca le había confesado a nadie lo que a él, y a saber por qué lo había hecho.

No me creía que le hubiese soltado aquello. Avergonzada, recorrí el oscuro pasillo hacia donde recordaba que estaba la escalera y empecé a oír el ritmo de la música otra vez. Al abrir la puerta, fantaseé brevemente con regresar a toda prisa a la habitación y asestarle una patada en toda la cara.

Esa fantasía fue probablemente la razón por la que no me di cuenta de que había alguien en las escaleras hasta que ya fue demasiado tarde.

Una sombra surgió de la pared y se abalanzó sobre mí. Ni siquiera me dio tiempo de accionar la pulsera y sacar la estaca. Me inmovilizaron el brazo derecho tras la espalda y una mano helada me agarró el cuello.

Una punzada de terror me atravesó cuando sentí que me volteaban y me estampaban contra la pared. Un lado de mi cara chocó contra el frío ladrillo. Me empezó a doler la nariz y saboreé sangre en la lengua.

—Sabía que eras tú —dijo una voz que no reconocí—. Estabas en el club el sábado por la noche. Te fuiste con Tobias. Entonces tenías el pelo rojo. Y los ojos de otro color.

Mierda.

La sorpresa por que hubiesen descubierto mi disfraz dio paso al instinto. Me quedé flácida y el peso repentino tomó desprevenido al fae, que se tambaleó hacia atrás. Aquello me proporcionó el espacio suficiente para levantar las piernas hasta la pared e impulsarme. El fae chocó contra la pared a su espalda y eso me permitió liberarme de su agarre.

Caí hacia delante y me golpeé las rodillas contra el cemento. Sabía que solo contaba con unos segundos, así que apoyé todo el peso de mi cuerpo en las palmas antes de mirar por encima del hombro y dar una patada hacia atrás. El talón impactó en el torso del fae y este volvió a estrellarse contra la pared con un quejido.

Me puse de pie, accioné la pulsera y me giré.

La puerta del pasillo se abrió de golpe y perdí de vista al hada por un instante. Entonces, otra persona apareció.

El príncipe.

Parecía saber lo que estaba pasando, porque fue directo a por el fae. Se movió tan rápido que literalmente solo pasaron unos segundos entre que apareciese y colocara las manos a cada lado del cuello del hada para partírselo.

El fae, retorciéndose, cayó al suelo y rodó por las estrechas escaleras hasta detenerse en el descansillo.

Me quedé atónita mientras el príncipe sacaba el móvil y pulsaba varias teclas.

—Everest, hay que sacar la basura. En las escaleras traseras —dijo. Luego, despacio, se giró hacia mí—. Estás sangrando.

Me toqué la nariz. Me dolía, pero no era nada grave.

—Estoy bien.

—Has estado peor.

Pues sí, y no hacía falta confirmarlo.

—¿Cómo lo has sabido?

Transcurrió un instante de silencio.

—Suerte.

Entrecerré los ojos y, por alguna razón, no le creí. Sabía que algo estaba pasando en las escaleras; cómo, no tenía ni idea.

Ladeó la cabeza.

—¿Por qué te ha atacado?

Bajé la mirada hasta el fae, que seguía teniendo convulsiones en el suelo, y torcí el gesto.

—Me reconoció del Flux. No sé cómo, pero creo que estaba con Tobias.

—Yo maté a todos esos faes.

—Tal vez se marchara antes de que tú llegaras. —Me encogí de hombros—. Sabes que podría haberme ocupado de él.

—Everest se encargará.

En mi opinión no hacía falta, pero bueno. Cerré la pulsera y aparté los ojos del hada, más molesta que otra cosa. Odiaba admitirlo, pero si el fae había podido ver a través de mis disfraces, era bastante probable que otros también.

Me limpié la sangre de la nariz con el dorso de la mano y luego me agaché y recogí mi bolso del suelo.

—Tienes alma de guerrera —repitió en voz baja.

No supe cómo responderle. Levanté la vista y me percaté de que otra vez se me había quedado mirando fijamente.

—Pero tal y como he dicho antes... No es suficiente.

A *eso* sí que sabía cómo responder.

—Por si no lo has notado, me las estaba apañando bastante bien antes de que aparecieras.

Él esbozó una media sonrisa, la misma que me imaginaba que un padre le dedicaría a su hijo al llegar el último en una carrera.

—¿Tienes hambre?

Parpadeé.

—¿Qué?

—¿Tienes hambre? —repitió, moviendo su grandísimo cuerpo hacia el mío—. Ganas de comer, me refiero. —A juzgar por el tono de su voz, se lo estaba pasando en grande.

—La aclaración no hacía falta, gracias —musité.

—Conozco un sitio al final de la calle que sirve las mejores croquetas de cangrejo de la ciudad. ¿Quieres venir conmigo? —preguntó, y bajo la tenue luz de las escaleras, aquellos ojos claros parecían incluso más penetrantes.

Debería decir que no. Por múltiples razones.

—Vale —respondí, en cambio, porque era idiota y, sinceramente, la oferta me había tomado por sorpresa—. Sí.

Él esbozó otra media sonrisa.

—De acuerdo, pero con una condición.

—¿Me invitas a comer con una condición?

—Sí —dijo—. Te quiero a ti.

Abrí mucho los ojos y el calor de antes volvió a surgir de golpe. Madre mía, qué rabia y miedo me daba sentirme así.

—¿Perdona?

—Quiero que seas tú misma. No quiero esta versión de ti. —Me señaló la cabeza—. Quiero que seas... *tú*.

* * *

Usé el cuarto de baño de la planta superior para cambiarme y volver a ser yo misma. Menos el maquillaje, claro. Eso requeriría cantidades industriales de desmaquillante. Lo que sí hice fue quitarme la peluca y soltarme el pelo. Era lo único que podía hacer, aunque ni siquiera sabía por qué le había dado el gusto.

Tal vez se debiera a que nunca se habían interesado en mí, en la verdadera Brighton, pero la petición me había sorprendido tanto que no me había quedado más remedio que acceder. Esa fue la mejor excusa que se me ocurrió cuando tomé asiento frente al príncipe en el iluminadísimo restaurante Creole House. Me puse a juguetear con el envoltorio de papel de mi pajita mientras el olor a comida picante hacía que me rugiera el estómago.

Todo el mundo nos miraba con extrañeza y las cejas enarcadas. Me imaginaba que en parte se debía a que el príncipe era tan alto y guapo que la gente probablemente se pensase que era famoso. Supuse que algunas de las miraditas también se debían a que yo parecía una prostituta.

Una de lujo, al menos. O eso me decía a mí misma.

—Estás nerviosa —comentó el príncipe después de pedir una ración de croquetas de cangrejo y, por petición suya, un plato de langostas.

Lo miré. Pues... hombre, sí. Estaba a medio disfrazar en un restaurante con el mismísimo príncipe y no sabía realmente cómo había acabado aquí.

—¿Lo hueles?

Esbozó una sonrisita.

—No me hace falta. Los papelitos te delatan.

Fruncí el ceño y bajé la mirada. Efectivamente, había destrozado una servilleta en un montón de trocitos frente a mí. Coloqué las manos en el regazo, inspiré hondo y lo miré.

—No sé si esto es muy buena idea...

Su mirada seguía igual que antes.

—Probablemente no.

El corazón me dio un vuelco al oír su respuesta. Lo último que esperaba era que me diese la razón.

—Has sido tú el que me ha invitado.

—Lo sé.

Me lo quedé mirando.

—¿Y por qué lo has hecho si crees que es mala idea?

Se recostó contra el reservado y estiró un brazo por el respaldo.

—Porque las buenas ideas nunca suelen ser divertidas... o necesarias.

Estiré las manos sobre los muslos sin saber muy bien qué responder.

—Vale.

—¿Por qué has aceptado tú si tan mala idea crees que es?

Solté una risita nerviosa.

—¿Quieres que te diga la verdad? Ni idea.

Aquella media sonrisa reapareció.

—Bueno, como el fae de esta noche te ha reconocido, ¿vas a replantearte lo de dejar lo que estás haciendo?

—¿Por eso me has invitado? —Agarré el vaso de Coca-Cola light y le di un sorbo—. ¿Para meterte otra vez donde no te llaman?

—Pero sí que me llaman.

Bajé el vaso.

—¿Y cómo, exactamente?

Hundió la barbilla y me miró con los ojos entornados.

—No vas a dejarlo, ¿verdad? Ni siquiera con el riesgo añadido.

Sacudí la cabeza y me encogí de hombros.

—¿Quieres que te diga lo que quieres oír o la verdad?

Un atisbo de diversión cruzó su rostro.

—Te arriesgas demasiado.

—No lo suficiente.

—¿Por qué dices eso?

Me incliné hacia delante y apoyé las manos en la mesa.

—He pasado treinta años siendo una cobarde.

Él enarcó las cejas.

—¿Esa es la excusa que pones para jugarte la vida?

A ver, como excusa era muy pobre, pero tampoco tenía otra.

—Ya sabes por qué debo hacerlo, sea arriesgado o no. Al igual que tú irías tras Aric o la reina aunque eso implicara sacrificar tu vida.

Le palpitó un músculo en la mandíbula.

—Ya te he dicho que lo mío es distinto. —Permaneció callado durante un momento—. Me acuerdo —dijo—. Me acuerdo de la primera vez que te vi.

Cuando alcé la mirada hacia él, me estremecí.

—Estabas asustada... Mi hermano y yo te dábamos miedo, aunque yo sobre todo. No te moviste de un rincón de la oficina de Tanner —prosiguió, y era verdad. Los dos me asustaban, aunque sobre todo él—. Y luego te vi la noche que luchamos contra la reina. Seguías teniendo miedo, pero ayudaste a mi hermano. Nos ayudaste a mi hermano y a mí pese a saber lo que yo había hecho bajo el control de la reina.

Rememoré aquella noche. El príncipe Fabian había resultado gravemente herido por culpa de la reina y necesitaba regresar al Hotel Faes Buenos. Yo me ofrecí a ayudarle.

—No hice gran cosa. Solo os llevé de vuelta al hotel.

Se inclinó hacia delante sin apartar su mirada de la mía.

—Nos tenías miedo. No te fiabas de nosotros y, aun así, nos ayudaste cuando hizo falta. Eso es lo que importa y la razón por la que te debo una disculpa.

—¿Ah, sí?

—Por lo que te dije sobre lo de buscar a los jóvenes y saber lo importante que era —se explicó—. No debería haber dudado de ti, no cuando sé que podemos contar contigo cuando hace falta.

Aunque me había frustrado su desconfianza, la comprendía.

—No... no pasa nada.

—Sí, sí que pasa. —El príncipe se echó hacia atrás—. Ha estado mal.

No sabía qué decir, así que me quedé callada. Permanecí con la mirada fija en mi refresco, observando las burbujitas subir deprisa a la superficie.

—Sería una pena que el mundo perdiera a alguien como tú, sobre todo después de conseguir una segunda oportunidad.

Se me cortó la respiración. Más palabras amables por su parte que no sabía muy bien cómo procesar.

—Te lo agradezco mucho, pero no sé por qué piensas eso de mí. Apenas me conoces.

—Casi nunca me equivoco en este tipo de cosas.

Se me escapó una risa.

—Vale. Aun así, no entiendo por qué te importa tanto como para volver a sacarme el tema. Total, solo soy humana y ya estoy medio muerta, ¿verdad?

Apretó la mandíbula y volvió a entornar los ojos.

—No tendría que haber dicho eso.

—¿Por qué? ¿Porque no es cierto?

—Porque lo que dijiste sobre ti misma no es verdad.

Me quedé helada.

—¿A qué te refieres?

Pasó un buen rato, tanto que incluso pensé que no iba a responder, pero entonces volvió a abrir los ojos y me miró fijamente.

—No eres invisible. Nunca podrías serlo, no cuando brillas tanto como el sol.

CAPÍTULO 14

Los viernes eran noche de pizza en casa de los Jussier. Llevábamos años con esa tradición y ahora Tink y yo éramos los encargados de preservarla. En cuanto terminamos de cenar, subí para ponerme algo de ropa más calentita porque tenía la intención de salir para averiguar más cosas sobre los dos faes que me quedaban y los jóvenes desaparecidos.

Hablé con Faye el miércoles, pero seguían sin saber nada de ellos. El tiempo pasaba y ella perdía la esperanza. Cada vez estaba más convencida de que la Orden les había hecho daño, intencionadamente o no.

El príncipe tampoco se había pronunciado, aunque supuse que pensaba lo mismo. Si bien era cierto que le gustaba responder de forma confusa.

Estos dos últimos días había hecho todo lo que estaba en mi mano para no pensar en lo que nos habíamos dicho. O confesado. Ni en la cena que había empezado de lo más rara e incómoda y que había acabado de forma bastante normal: conmigo hablando sobre las series a las que Tink se había enganchado. Y tampoco pensaba en eso que dijo de que jamás podría ser invisible.

O que brillaba tanto como el sol.

Qué va, para nada. No pensaba en que nadie nunca me había dicho algo así. Y tampoco perdía el sueño pensando en que él...

había querido pasar tiempo conmigo. Con la verdadera Brighton. Ni pensarlo, vaya. *Nop.* Para nada.

Llevaba sin verlo desde aquella noche. En parte había esperado encontrarlo cuando salí el miércoles, pero no apareció de la nada como otras veces, cosa que me vino bien.

Para nada tenía ganas de verlo. Qué va.

En cambio, decidí centrarme en lo que verdaderamente importaba, como lo que había descubierto sobre el antiguo llamado Aric, que era posible que estuviese tratando de contactar con la reina.

Lo cual eran muy malas noticias.

El problema era que, si se lo contaba a Miles, me preguntaría de dónde había obtenido la información y eso haría peligrar mi investigación. De confiárselo a alguien, sería a Ivy y ella volvía la semana que viene.

Tenía tiempo.

En fin, cuando regresé a la cocina me quedé de piedra ante lo que vi, y eso que solo me había ido durante veinte minutos como máximo.

Me crucé de brazos y los descrucé, pero repetí el gesto mientras echaba un vistazo por la estancia. Inspiré hondo y exhalé despacio.

—¿Por qué parece que el FBI haya registrado la cocina mientras estaba arriba?

Eso era lo que parecía, lo juro.

Todos los armarios estaban abiertos. Habían movido los vasos. Los platos estaban torcidos. Los táperes, a punto de caerse a la encimera. Las sartenes y cazuelas de los armarios de abajo, giradas y los mangos sobresalían.

—Verás, es una larga historia. —Tink estaba sentado sobre el borde de la encimera. Le colgaban las piernas y sacudía las alas mientras el olor a carne frita se mezclaba con el de la vela de melocotón a su espalda.

Dixon se había tumbado a su lado y movía la cola con pereza.

Me volví hacia él y abrí la boca sin saber muy bien qué decir.

—Dixon y yo estábamos jugando al escondite.

Esa explicación no me sirvió.

—¿Cómo juegas al escondite con un gato?

Dixon aplanó las orejas y Tink, dramático, ahogó un grito.

—¿Insinúas que Dixon no es lo bastante inteligente como para jugar al escondite?

—Es un gato. Uno muy inteligente, sí, pero sigue siendo un gato. —Sacudí la cabeza y me acerqué a la mesita de la cocina—. Te va a tocar recoger y limpiar, que lo sepas.

—Lo daba por sentado. —Tink se acercó a la mesa volando. Aterrizó en el respaldo de la silla blanca—. ¿Qué vas a hacer? Y no me vengas con eso de que tienes una cita.

—Voy al Barrio Francés —respondí. Decidí no mentirle—. Unos chicos han desaparecido y voy a tratar de encontrarlos.

—Fabian me comentó algo, pero no parecía muy preocupado —dijo con el ceño fruncido.

—Pues Tanner y Faye sí lo están. Han pedido ayuda a la Orden.

—Vaya, y seguro que a la Orden le importa muchííísimo que unos faes de verano hayan desaparecido. —Caminó por el respaldo de la silla como si lo hiciera por una barra de equilibrio—. Seguro que dijeron algo como: «Y a nosotros qué».

—Algo así, por eso voy a salir. No creo que los encuentre, pero con intentarlo no pierdo nada. —Al oír que Dixon saltaba al suelo, eché una miradita a la encimera y hablé sin pensar—: ¿Te apetece venir conmigo?

Tink se quedó inmóvil con una pierna levantada. Arrugó la frente, me miró y luego miró a Dixon, que zigzagueaba entre mis piernas.

—Qué va, tengo que limpiar la cocina.

—¿Seguro?

Asintió y voló sigilosamente hasta quedar a la misma altura que yo.

—Sí. Además, he encontrado otra serie y apenas llevo unos episodios.

Tink no dejaba de darme la lata cada vez que salía a cazar sin él, pero luego bien que prefería quedarse en casa. A veces incluso me preguntaba si tenía algún tipo de fobia asociada al mundo mortal y por eso no había viajado a Florida con Fabian. Pero tampoco cuadraba, porque sí que había ido a San Diego con Ivy cuando estuvieron buscando la forma de detener a la reina.

—¿Qué serie?

—*Santa Clarita Diet*. Va sobre una mujer que se transforma en zombi, pero no como los que salen en *The Walking Dead*; esta intenta vivir lo mejor posible junto a su marido y su hija pese a tener que alimentarse de carne humana

—Vaaale. —Arrastré la palabra—. Tiene pinta de que te lo vas a pasar estupendamente esta noche.

—Pues sí. —Tink me siguió volando hasta el pequeño vestíbulo que daba al porche, donde tomé mi gorra de los Saints—. Mantenme informado.

Sonreí, me puse la gorra y metí la coleta por debajo.

—Lo haré. —Ver a Tink usar el móvil con ese tamaño me hacía mucha gracia—. No volveré tarde.

—Guay del Paraguay —murmuró y volvió a toda prisa a la cocina. Un instante después, lo escuché gritar—: ¡Arre, Dixon! ¡Debemos conquistar la cocina y después toca Netflix!

Mientras sacudía la cabeza, agarré las llaves y me las guardé en el bolsillo trasero de los vaqueros. Descolgué la chaqueta marinera de un gancho y me la puse. Luego tomé la pulsera de hierro solo por si acaso. Me encaminé hacia la puerta y me detuve. Saqué una cesta gris y de ella, una estaca de hierro que me guardé en el bolsillo de la chaqueta también por si acaso.

Salí por la puerta lateral y, tras cerciorarme de que la había cerrado con llave, me di la vuelta y me detuve en seco.

Miré el caminito estrecho que conectaba con el jardín delantero y me estremecí. No de frío, sino... porque sentía que alguien me estaba observando.

Fui hasta el borde del jardín y no vi a nadie en él o cerca de casa. Eché un vistazo a la casa contigua, pero las cortinas estaban corridas. Regresé a la puerta trasera y me cercioré de que estaba cerrada con llave antes de dirigirme a la parte frontal de la casa.

A la vez que salía del porche y caminaba hacia el jardín, me dije que serían imaginaciones mías, pero me resultó tan raro que no pude sacármelo de la cabeza.

* * *

En mitad de la calle Bourbon un tipo con pinta de tener edad de ir a la universidad y vestido únicamente con un bañador rosa chillón giraba sobre sí y hacía volar unos abalorios verdes que le colgaban del cuello. El bañador era alto y la parte delantera apenas eran dos trozos de tela unidas por un broche con joyas; no precisamente el tipo de bañador que alguien se pondría para meterse en el agua.

O para una fresca noche de marzo.

El hombre giraba y movía otro collar mientras las personas lo vitoreaban. La parte trasera del bañador enseñaba más culo de lo que le cubría, pero lo cierto era que no le quedaba mal.

El Mardi Gras acabó el mes pasado, así que no tenía ni idea de qué demonios estaba haciendo este tipo con los abalorios y el bañador. No obstante, era viernes por la noche en el Barrio Francés y peores cosas se verían antes de que saliese el sol.

Di un sorbo a mi *ginger ale* apoyada contra la pared de ladrillo de La Ciénaga mientras alguien chillaba feliz en el patio a mi espalda. Oí risas y supuse que el toro mecánico habría vuelto a lanzar a alguien por los aires.

Cualquier día de estos alguien saldría volando por la ventana y el toro se rompería.

Con ese pensamiento horrible en mente, sonreí y volví a beber mientras contemplaba las calles abarrotadas en busca de personas que no fueran... humanas. Metí la mano en el bolsillo de la chaqueta marinera y sentí un escalofrío cuando mis dedos rozaron el fino y caliente trozo de metal.

Me había guardado una estaca de veinte centímetros en el bolsillo que no dudaría en usar.

No pude evitar imaginar qué habría estado pensando de haberme encontrado en esta situación hace dos años. Querría haber hecho lo correcto, pero no habría tenido el valor suficiente. La Orden se habría echado a reír solo de pensarlo, y yo también... aunque mezclado con un ataque de pánico, porque hacer varias cosas a la vez se me daba de puta madre, claro estaba.

Ahora era perfectamente capaz de patrullar para la Orden aunque ellos no tuviesen ni la más mínima idea. De todas formas, daba igual que lo supieran o no, a la vista estaba cómo me habían tratado hoy. Ni viéndome pelear haría que cambiasen de opinión.

A sus ojos no era como ellos; jamás sería capaz de patrullar. No a mi edad. Ridículo, teniendo en cuenta que casi habían masacrado a toda la Orden.

Inspiré, pero el aire se me quedó atascado en mitad de la garganta. Desvié la mirada al caos de la calle.

El tipo del bañador rosa no tenía ni idea de que el mundo casi se había ido a la mierda. Ninguno de ellos, riéndose, bebiendo y gritando, sabía que tantísimas personas —a los que echaba de menos todos los días— habían muerto en una guerra contra las hadas.

Joder, si ni siquiera sabían que los faes existían, que eran letales y que se mimetizaban con ellos para poder darles caza. Nunca me había preguntado cómo sería no saber que había criaturas que podrían acabar conmigo en un abrir y cerrar de ojos. Ojos que no ven, corazón que no siente, suponía.

Vi que en la acera de enfrente una mujer se separaba de la multitud. Vestía unos pantalones de cuero negros y una camiseta térmica ceñida.

Mierda.

Al reconocer a Jackie, me pegué contra la pared y me bajé la gorra de los Saints. Tenía la tez oscura. Estaba junto al bordillo de brazos cruzados mientras observaba a míster bañador rosa, que ya no llevaba los abalorios encima, agacharse y perrear.

Jackie sonreía, pero como me viera, dejaría de hacerlo al instante. Montaría un escándalo y me acompañaría de vuelta a casa porque se daría cuenta de qué estaba haciendo aquí.

Menuda tontería. Lo lógico era que la Orden aceptara toda la ayuda posible.

No había salido a patrullar, solo estaba echando un ojo por si veía a los muchachos desaparecidos. Me había guardado las fotos en el móvil y a estas alturas ya tenía sus caras grabadas a fuego en la memoria. Suponía que, si estaban metiéndose en líos en algún lado, sería por Bourbon o Royal.

En parte no creía que importase tanto que Jackie me viera. Jamás se le pasaría por la cabeza que estaba patrullando, sino que había salido a cenar o algo parecido.

Aun así, no podía arriesgarme porque, como lo averiguara, me exponía a que también se pispara de lo *otro*.

Me aparté de la pared, me metí las manos en los bolsillos y giré a la izquierda en dirección a St. Louis. Crucé la calle sin perder detalle en dirección a Royal. Distinguir a los turistas era superfácil durante el invierno. La gente de aquí se abrigaba a pesar de que hiciese más de diez grados, pero los de fuera iban en camiseta, vaqueros o faldas, sobre todo porque solían venir de sitios más fríos. Los faes de verano hacían lo mismo, llevaban chaquetas gorditas y gorros de lana. Al verlos cualquiera pensaría que estábamos a bajo cero. Por el contrario, para los de la corte de invierno nunca hacía suficiente frío, así que no tardé en dar con uno.

Cerca de Royal vi al primer fae sospechoso de la noche. Y no porque llevase una camiseta fina y vaqueros desgastados; este al menos parecía normal.

Me estremecí y caminé más deprisa. Sabía que no era de verano no por la ropa que vestía, sino porque estaba acechando a una muchacha que parecía haber salido de trabajar de uno de los restaurantes cercanos. Se le intuía el uniforme negro bajo una chaqueta mullida.

Técnicamente no estaba de patrulla, pero si veía a un fae perseguir a un humano, no pensaba quedarme de brazos cruzados.

Ya no.

Envolví la mano en torno a la parte más gruesa de la estaca y acorté la distancia entre nosotros. Los faes odiaban el hierro. Un mero roce les provocaba picores y su contacto prolongado incluso los quemaba.

Este en concreto iba a probar el lado puntiagudo de mi estaca. Clavársela en el corazón no los mataba, solo los mandaba al Otro Mundo, pero como todos los portales estaban cerrados, era casi lo mismo.

Bueno, hasta que la reina volviese a intentar dominar el mundo y los reabriese, pero mientras...

El fae miró por encima del hombro y casi me caí de culo al verle la cara.

Dios, era Elliot, el amigo desaparecido del primo de Faye.

Estaba segurísima de que era él, pero algo no me cuadraba. Él pertenecía a la corte de verano, vivía en el Hotel Faes Buenos con sus padres y ninguno de ellos se alimentaba ni cazaba humanos, aunque podían hacerlo. Era una decisión que tomaban por voluntad propia y que podían cambiar en cualquier momento. A saber cuántas veces habría pasado antes. La Orden tampoco es que llevase la cuenta de eso precisamente.

Elliot giró bruscamente a la izquierda y se metió en un callejón estrecho. La chica estaba a punto de llegar a la intersección con Royal y, al parecer, había dejado de interesarle. Tal vez me había equivocado y no la estaba acechando, lo cual sería buena señal. Pero, entonces, ¿qué demonios estaba haciendo? ¿Dónde había estado hasta ahora?

Me cabreé. Los faes temían que la Orden lo hubiese matado o le hubiera pasado algo malo y aquí estaba él, dándolo todo en el Barrio Francés. Ni puta gracia me hacía.

Vacilé en la entrada al callejón. Era consciente de que seguir a un fae, por muy bueno que fuese, no era precisamente la decisión más inteligente.

Jackie lo seguiría.

Ivy también.

Yo también podía.

Tenía que hacerlo.

Cuadré los hombros, inspiré y lo seguí por el pasaje oscuro. Tenía la bronca preparada para...

Un momento.

Ralenticé el paso y torcí el gesto. Era un callejón sin salida bloqueado por otro edificio de ladrillo. ¿Dónde demonios se había metido? Pasé junto a un gran contenedor de basura. A lo mejor se había escondido aquí...

Con el olor a cerveza rancia inundándome la fosas nasales, alcé la mirada hacia los edificios de tres plantas que bordeaban el callejón. Por lo general, escalar una pared no suponía ningún problema para los faes que se alimentaban, pero sí para los que no. Aunque seguían siendo más fuertes que los humanos, eran incapaces de saltar tan alto.

Pum.

Se me erizaron los vellos del cuello al oír que algo aterrizaba detrás de mí. El instinto me hizo agarrar con fuerza la estaca y volverme despacio.

Elliot apareció en mitad del callejón donde no había habido nadie hasta hacía unos segundos. Sorprendida, retrocedí un paso. Para dar un salto así...

—Me estás siguiendo —dijo.

Por lo visto no había sido tan sigilosa como creía.

—A ver, sí...

—Te conozco —me interrumpió y se me acercó de forma casual.

¿En serio? Yo no recordaba haberlo visto antes. Tal vez fuera en el Hotel Faes Buenos antes de la batalla contra la reina, aunque eso había sido hace dos años.

—Yo a ti no. —El corazón me iba a mil por hora—. Pero sí que conozco a tus padres.

Él ladeó la cabeza. A oscuras, sus ojos parecían dos pozos negros.

Aún tenía el vello erizado.

—Tus padres están preocupados por ti, Elliot. ¿Dónde has estado?

—¿Mis padres? —Enderezó la cabeza y se acercó aún más—. ¿Esos pretenciosos de mierda? ¿Esos que intentan parecerse a los humanos? Esos no son mis padres, ya no.

Ay, madre.

—Te conozco. Eres de la Orden —susurró Elliot como un gato acorralado, uno muy grande y cabreado. Como un dientes de sable.

Joder, Elliot ya no era un fae bueno.

No tuve tiempo de preguntarme por qué se habría vuelto loco de repente. Saqué la estaca y me di cuenta demasiado tarde de que tendría que haber accionado la pulsera. Elliot saltó como un cohete y en cuestión de segundos se abalanzó sobre mí. Caí de espaldas al suelo y mi gorra de béisbol salió volando. Me quedé sin aire en los pulmones.

«Que no te inmovilicen contra el suelo».

Oí las palabras del entrenamiento básico en mi cabeza a la vez que abría mucho los ojos.

Ya me había pasado algo así antes y sabía cómo acababa.

Elliot se arrodilló sobre mí y me agarró del cuello de la chaqueta. Nos miramos y...

Algo... Algo le pasaba en los ojos. No eran del habitual azul claro de los faes, sino totalmente negros, tanto que ni siquiera era capaz de distinguir el iris.

Jamás había visto nada igual, ni en persona ni en todos los libros que había estudiado sobre los faes.

Sentí un ramalazo de pánico e intenté sacar la mano del bolsillo. La punta afilada se quedó atascada en el abrigo y rasgó la tela. Elliot me levantó del suelo y echó el brazo hacia atrás para darme un puñetazo, pero yo lo esquivé y acabó estampando el puño contra el hormigón momentos antes de que le diera un cabezazo en la frente.

Maldijo y se sacudió de dolor.

Retrocedí, ignoré el miedo que sentía y levanté las piernas para envolverlas alrededor de su cintura estrecha. Usé el peso de mi cuerpo para liberarme de Elliot. Me senté a horcajadas sobre él, saqué la estaca de un tirón y la levanté por encima de la cabeza para clavársela en el pecho.

Elliot me asestó un puñetazo en el estómago. El dolor me dejó sin aire, pero logré bajar la estaca.

Se movió muy rápido; me empujó, salí volando hacia atrás y caí de culo. Antes de poder recobrarme, volvió a abalanzarse sobre mí. Envolvió la mano en torno a mi garganta mientras yo apretaba los dientes y aferraba la estaca con fuerza. Moví el brazo con la intención de darle en la cabeza y así quitármelo de encima.

De repente, Elliot me soltó y salió despedido hacia atrás como si unas manos invisibles hubieran tirado de él.

Jadeante, rodé y apoyé una mano en el suelo. Se me habían soltado varios mechones de la coleta lo cual me impedía ver bien.

Elliot se puso de pie. Se dio la vuelta y retrocedió. Permaneció inmóvil durante un momento y, entonces, su cuerpo se replegó sobre sí mismo y volvió al Otro Mundo con un ruidito y un chispazo.

—Madre mía...

Me senté en el suelo con la respiración entrecortada. Sentía gratitud y miedo a partes iguales. Era evidente que alguien de la

Orden había intervenido, cosa que agradecía, pero me había sorprendido de lleno.

Una sombra alta y fornida se me acercó. La luz de la farola alumbró una estaca de hierro y unos guantes negros. ¿Guantes? Hacía frío, pero no para tanto.

Un momento.

Mientras trataba de ponerme de pie, alcé la mirada y me tensé. Al ver quién había venido en mi rescate —a pesar de tenerlo todo controlado—, la ansiedad se me disparó por las nubes. «Pero ¿qué demonios?».

Ahora entendía los guantes. No pertenecía a la Orden.

Permaneció bajo la farola y juraría que la luz se intensificó debido a su mera presencia.

—Volvemos a encontrarnos —saludó el príncipe.

CAPÍTULO 15

Apreté la estaca de hierro cuando me arrolló una oleada de anticipación. No debería alegrarme de verlo —la mera idea ya era confusa de por sí—, pero lo hacía.

Así que ignoré ese sentimiento.

—Acabas de apuñalar a Elliot.

Frunció el ceño mientras se guardaba la estaca en un bolsillo oculto.

—Sí.

—¿Eres consciente de que era uno de los jóvenes desaparecidos?

—¿Y tú de que estabas intentando clavarle una estaca en la cabeza, que es básicamente lo mismo?

Vale. Ahí me había dado.

—¿Y también de que estabas a punto de morir asfixiada?

—Lo tenía todo bajo control —dije—. En serio.

—¿No me digas? —Se cruzó de brazos y me miró fijamente—. Lo tenías todo bajo control mientras te ahogabas. Igual que también lo tenías todo bajo control el lunes por la noche, cuando...

—A ese fae lo tenía dominado. Y a este estaba a punto de clavarle la estaca en la cabeza —le recordé—. Al menos, antes de que cierta persona me hubiera interrumpido.

El príncipe ladeó la cabeza.

—¿Salvarte la vida es interrumpirte?

—No hacía falta que me salvaras, muchas gracias. —Me puse de pie y le sostuve la mirada con tanta animosidad que hasta me hizo sentirme orgullosa de mí misma.

—No esperaba que me lo agradecieras así, pero me sirve. —Esbozó una sonrisita y yo apreté los labios—. ¿Qué haces aquí, Brighton? Creí que habíamos llegado a un acuerdo.

—¿Ah, sí? Porque yo no me acuerdo de eso. —Me di la vuelta, pero entonces ahogué un grito y me tropecé hacia atrás. Había aparecido frente a mí—. Dios.

—Casi, pero no.

Tenía los brazos a los costados.

—Ja, ja, qué gracioso. —Puse los ojos en blanco e intenté contener una sonrisa.

—¿Qué haces aquí, Brighton? —repitió. A él no le parecía tan divertido como a mí—. No perteneces a la Orden.

—Eso no es verdad. —De pronto, todo el buen humor que sentía desapareció. Sacudí la estaca y resistí el impulso de lanzársela a la cara, esa tan atractiva y sonriente que tenía—. Nací dentro de la Orden y, al igual que los demás, daría mi vida por ella.

—Tienes razón —rectificó y bajó la barbilla—. No obstante, no eres cazadora.

—No me digas, señor Obvio.

Se me quedó mirando.

Solté el aire de los pulmones y sacudí la cabeza. Una buena dosis de vergüenza y rabia se arremolinaron en mi interior. Sí que era miembro de la Orden, joder.

—Mira, te agradezco que aparecieras aunque no hiciera falta, pero tengo mejores cosas que hacer que quedarme en un callejón oscuro hablando contigo.

—¿Ah, sí? ¿Cuáles? ¿Ir a Flux? ¿A La Corte? ¿Arriesgarte a que te reconozcan otra vez?

Me pasé la lengua por el paladar.

—Pues mira, no. ¿Y tú qué? ¿Qué haces aquí? ¿Cómo es que has aparecido justo en este callejón? No es uno de los lugares más turísticos de Nueva Orleans que digamos. Empiezo a pensar que... —Paré para tomar aire. No lo había oído moverse, pero se había acercado.

—¿A pensar qué? —preguntó.

Lancé la estaca al aire y la atrapé al caer.

—Que me parece raro.

—¿El qué? —repitió.

—Que la semana pasada aparecieras casi en todos los sitios en los que estaba yo. Es casi como si me estuvieras siguiendo.

—¿Y qué si es así?

Lo miré de golpe y casi se me cayó la estaca al suelo. Su expresión era inescrutable. No supe si lo había dicho en serio o no.

—¿En serio? Porque eso me daría muy mal rollo.

El suspiro que soltó fue tan exagerado que me sorprendió que los edificios de alrededor no temblaran.

—No deberías estar aquí.

—Oye, ¿tú de qué vas? —espeté—. No, de verdad. ¿Vamos a tener la misma conversación cada cinco minutos?

Algo cruzó fugazmente su rostro. Entreabrió los labios.

—Esa pregunta tiene trampa, ¿verdad?

Fruncí el ceño y lancé la estaca al aire otra vez.

—En realidad no.

El príncipe movió la mano enguantada con una rapidez inquietante e impresionante y me arrebató la estaca cuando esta aún estaba en el aire.

—¡Oye! —exclamé y fui a quitársela, pero me esquivó muy hábilmente.

—Me estás distrayendo con esa cosa...

—¿Qué culpa tengo yo de que no puedas hacer varias cosas a la vez? —musité.

—Y, aparte, es altamente peligrosa —prosiguió—. No me apetece ver cómo te la clavas en la mano sin querer.

Puse los brazos en jarras.

—No me la iba a clavar en la mano.

—Más vale prevenir que curar. —Me lanzó una sonrisita y eso me cabreó sobremanera.

Estuve a punto de pedirle que me devolviese la estaca, pero él volvió a hablar.

—No eres cazadora —repitió, cambiando de tema—. ¿Qué haces aquí?

Y dale con lo mismo. Suspiré.

—No he venido a patrullar. Solo estaba echando un ojo por si veía a alguno de los jóvenes desaparecidos y, mira por dónde, así ha sido. Pero no ha acabado bien.

—Pues no.

Me aparté un mechón de pelo de la cara y miré hacia la entrada del callejón.

—Al principio pensé que era un fae de invierno porque estaba siguiendo a una mujer, así que no le quité el ojo de encima... y sí, lo sé, no soy cazadora, pero no pienso mirar para otro lado cuando sé que alguien podría necesitar mi ayuda.

—Deberías haberlo hecho.

Volví a mirarlo de golpe.

—No te he pedido tu opinión.

Enarcó una ceja.

—En fin, luego le vi la cara y me di cuenta de que era uno de los jóvenes desaparecidos. Pensé que tal vez habría malinterpretado sus intenciones porque se separó de la mujer y se metió en este callejón, pero en realidad lo que pasó es que se había dado cuenta de que lo estaba siguiendo —expliqué, molesta por lo que había ocurrido—. En parte era una trampa. Vino a por mí.

—No tiene sentido —dijo el príncipe ladeando ligeramente la cabeza—. Los faes de verano no atacan a los humanos.

—Ya, pues me ha atacado a mí y yo no he hecho absolutamente nada para provocarlo. —Había algo que se me estaba escapando—. Espera. Elliot mencionó algo muy raro. Que sus padres ya no lo eran porque querían ser como los humanos.

—¿Dijo algo más? —preguntó.

Negué con la cabeza a la vez que el rostro de Elliot reaparecía en mi mente.

—Pero tenía los ojos raros.

—¿A qué te refieres?

—Eran completamente negros; es decir, que ni siquiera se le distinguía el iris... —Seguí pensando en sus ojos—. Nunca he visto nada igual, pero...

El príncipe dio un paso hacia mí y bajó la voz.

—¿Estás cien por cien segura de que eso fue lo que viste?

—Sí. Lo tenía así de cerca. —Levanté una mano frente a mi cara para mostrárselo—. Sus ojos eran completamente negros.

Él apretó la mandíbula y apartó la mirada.

De pronto tuve la sensación de que ya había visto u oído alguna referencia a otros ojos así, pero no recordaba en dónde, como cuando tenías una palabra en la punta de la lengua y no conseguías pronunciarla.

—¿Sabes... qué podría haberlo provocado?

—Ni idea. —El príncipe giró de golpe la cabeza hacia la izquierda y luego soltó una maldición. Se acercó a mí justo cuando oímos resonar un disparo en el callejón.

CAPÍTULO 16

El príncipe chocó contra mí y caímos al suelo antes de poder ver quién nos estaba disparando. No tuve tiempo para prepararme para el dolor, aunque este al final nunca llegó.

Vaya uno a saber cómo, el príncipe giró en el último momento y se llevó la peor parte del impacto. Permanecí pegada a él durante un breve instante. En cuanto volvimos a oír disparos, rodó y me ocultó bajo su cuerpo. Me encogí cuando una bala cayó justo al lado de nuestras cabezas y levantó pequeños trozos de grava por los aires.

El príncipe alzó la cabeza y clavó sus ojos casi transparentes en los míos.

—No te muevas —me ordenó.

—¿Q-qué?

Se levantó, se giró y se esfumó. Se había movido tan rápido que fui incapaz de seguirle la pista.

Me tumbé boca abajo y levanté la cabeza. No pensaba moverme; no me apetecía que me disparasen, muchas gracias. Oí otro disparo y un gruñido antes de desviar de golpe la mirada a la parte trasera del callejón.

Dos figuras chocaron. Hubo un destello entre amarillento y rojizo proveniente de las manos del príncipe, como una luz redonda que me recordó a una bola de fuego. Entonces el olor a metal quemado inundó el aire justo antes de que uno de los cuerpos saliese despedido varios metros hacia atrás y se estampara contra el edificio frente a mí.

El cuerpo cayó hacia delante y quedó iluminado por la tenue luz de la farola. Abrí mucho los ojos al reparar en que era un fae.

Qué... qué raro. Los faes no usaban pistolas.

A menos que fuera un humano pintado de color plata y se hubiese operado las orejas, pero no tenía pinta.

El príncipe lanzó la pistola rota a un lado. Ah, conque había sido él el causante del olor a metal quemado. Algo le había hecho a la pistola.

Dios mío, menudo poder...

Avanzó como un animal enjaulado al que hubieran liberado hace poco. Pese a tener la cabeza gacha, juraría que le brillaban los ojos.

—¿Quién te envía? —preguntó. Su voz sonó tan ronca y letal que sentí un escalofrío—. ¿Aric?

El fae se levantó a duras penas, se llevó una mano a la bota y yo me tensé, a la espera de que sacase otra pistola.

Pero me equivoqué.

Lo que sacó fue una estaca de hierro.

Al hacer contacto con su mano, siseó de dolor, puso una mueca y se irguió.

El príncipe se precipitó hacia él.

—No...

Pero fue demasiado tarde.

El fae se la clavó en el pecho y, en cuestión de segundos, desapareció.

—Joder —susurré mientras intentaba ponerme de pie—. No me puedo creer que haya hecho eso.

—Ya. —De repente vi al príncipe frente a mí, así que retrocedí. Estaba tenso, serio—. ¿Estás bien?

—Creo que sí. —Me levanté y me busqué alguna herida en el cuerpo—. No entiendo lo que acaba de pasar.

—Creo que nos han disparado.

Dejé de palparme el cuerpo y lo miré.

—Vaya, ¿no me digas? Te especifico mejor: ¿cómo es que nos ha disparado un fae y se ha enviado a sí mismo al Otro Mundo? No es normal.

—¿Ah, no?

—En mi mundo no. ¿En el tuyo sí?

—Tengo muchos enemigos, lucero, y a bastantes les encantaría que volviera a ser el de antes —respondió. Sentí una opresión en el pecho al oírlo mencionar aquella época en la que estaba controlado por la reina—. O verme muerto.

—Pues qué bien... —exclamé y aparté la mano de mi estómago. A pesar de la poca luz, vi que la tenía manchada de rojo—. Tengo sangre.

—Me acabas de decir que estabas bien. —Me envolvió la muñeca con una mano y con la otra me apretó el estómago.

—¡Oye! —Le di un manotazo, pero él me ignoró—. Creo que no estoy sangrando. —Siguió palpándome. Le agarré la mano y apreté—. Creo que es tuya.

—Estoy bien —repuso con voz ronca—. ¿Seguro que no te han herido?

—Creo que me habría dado cuenta —contesté al tiempo que lo miraba con los ojos entrecerrados.

Él llevaba una camiseta térmica y unos pantalones oscuros, igual que la primera vez que lo vi. Posé una mano en su hombro derecho y no noté nada. La fui bajando por su pecho y él inspiró de forma entrecortada.

—¿Qué haces? —preguntó con la voz aún más ronca y profunda.

Le sostuve la mirada. Aunque tendría que haber apartado la mano, no lo hice. La deslicé hacia el otro lado de su pecho y esta vez fue a mí a quien le costó respirar.

—Te han dado.

—No es nada.

—¿Cómo que no es nada? —exclamé. Él me soltó la muñeca, así que lo inspeccioné con ambas manos—. ¡Y en el hombro también!

El príncipe no contestó.

No sabía gran cosa de la anatomía de los antiguos, pero supuse que, al igual que los faes, sobrevivían a pesar de recibir heridas mortales. No obstante, estas del pecho y el hombro... Retrocedí y me limpié las manos en los vaqueros. ¿La tela de su pantalón parecía ahora más oscura o solo eran imaginaciones mías? ¿Le habían disparado tres veces? Era... mucho.

Sentí una preocupación que seguramente no debería, pero es que me había protegido con su cuerpo y también había pagado la cena del otro día.

—Tenemos que irnos —anuncié mirando por encima del hombro hacia la entrada del callejón—. Ha habido tantos disparos que la policía estará al llegar. Te curarás, ¿no?

—Por lo general, sí. —Tenía la voz rara; no como cuando lo había tocado o como el lunes por la noche. Lo notaba algo cansado—. Márchate antes de que llegue la policía.

O de que aparecieran más faes armados, ya que por lo visto para él sí que era algo normal.

—¿A qué te refieres con eso de «Por lo general, sí»?

—¿Siempre eres tan preguntona?

—Sí, ¿te molesta?

—Sí —gruñó.

—Lo siento, ajo y agua —dije.

Aunque había vuelto a ocultarse entre las sombras, sentí su mirada asesina.

—Ya sabes que los faes se recuperan de cualquier herida, por grave que sea, si se alimentan —explicó.

Y bien rápido, además. Por eso era tan peligroso enfrentarse a ellos. Hacerles daño corporal tampoco servía de mucho.

—Ya lo sé, por eso deberías... —Entonces lo entendí—. ¿Necesitas... alimentarte?

Soltó una risa seca.

—Algo así.

—¿Cuándo te... alimentaste por última vez? —No sabía dónde meterme. Lo cierto era que no quería saberlo.

—Hace algún tiempo.

Me lo quedé mirando.

—¿Qué significa exactamente «Hace algún tiempo»? ¿Hace un par de días? ¿Hace una semana?

—Más.

Apreté los labios.

—¿Más de dos?

No lo entendía, sobre todo si vivía en La Corte, donde los humanos formaban parte del menú.

No respondió.

—¿Un mes? ¿Dos? —probé. Sabía que los faes tenían que alimentarse cada cierto tiempo para ralentizar el envejecimiento y conservar sus habilidades sobrenaturales. Puede que el príncipe pareciese tener menos de treinta años, pero seguramente tuviera cientos, si no más. El metabolismo de las hadas era parecido al nuestro. Tal vez no necesitasen comer tres veces al día, pero según la investigación de la Orden, sí que tenían que hacerlo en días alternos.

—Vete —me ordenó cuando empezamos a oír sirenas.

—No pienso permitir que te desangres aquí en el callejón, ni dejarte solo con la policía.

—¿Acaso te importa?

Sacudí los dedos.

—No.

—Pues entonces lárgate. —Empezó a retroceder.

Debería irme y dejar que se desangrase como un cerdo. Era un antiguo y aunque llevase meses sin alimentarse...

Joder.

Caí en la cuenta en ese momento.

—No te has alimentado desde entonces, ¿verdad? Desde que se rompió el hechizo.

Me lanzó una mirada asesina por encima del hombro.

—¿Aún sigues aquí?

—¿Y qué pasa si no te has alimentado durante estos dos años? ¿Esas heridas podrían...?

—¿... llegar a matarme? No creo, pero tardaré bastante en recuperarme. —Gruñó y se presionó la herida del hombro—. Solo tengo que salir de este callejón.

—No puedes ir al hospital. —Que los médicos descubriesen la existencia de los faes no entraba en mis planes esta noche.

—No me digas —refunfuñó.

No le hice caso.

—Puedo... puedo llevarte de vuelta al Hotel Faes...

—No —me interrumpió. Juraría que lo vi tambalearse un poquito—. No los llames.

No entendía nada.

—¿Por qué?

—¿Por qué demonios no respondes sin preguntar? —Volvió a maldecir—. Dios, qué exasperante eres.

Enarqué una ceja.

—Pues si tan exasperante te parezco, no deberías haberme seguido hasta aquí.

—No te estaba siguiendo —rezongó—. Pero si no hubiera aparecido, ahora estarías muerta.

Levanté las manos.

—Para empezar, acabas de admitir que sí que me has seguido, así que no me vengas con que no. Pero bueno, ya hablaremos de eso. Lo importante es que no soy yo quien se está desangrando.

No respondió, al menos no con palabras, pero tuve la sensación de que estaba maldiciendo por dentro.

—Estoy bien. Solo... necesito volver a casa —repuso, aunque parecía que le había costado decirlo.

Las sirenas se estaban acercando, así que tenía que tomar una decisión. El príncipe necesitaba ayuda, la quisiera o no.

Inspiré hondo, me acerqué a él y decidí.

—Te guste o no, pienso ayudarte.

* * *

No recordaba muchos momentos en los que me había tenido que preguntar qué demonios estaba haciendo.

Casi siempre había llevado una vida aburrida, sin contar con el plan de cazar a los faes que nos habían atacado a mi madre y a mí, claro. Aparte de eso, mi vida era como un bol de arroz blanco sin salsa de soja.

Pero aquí estaba, esperando que el príncipe de verano abriese la puerta de lo que parecía uno de los antiguos almacenes que habían reformado y reconvertido en apartamentos de lujo.

Gracias a Dios, no discutimos mientras lo ayudé a salir del callejón. Cuando llegamos a la calle Royal, la dirección opuesta a donde se dirigían las sirenas, empezó a ralentizar el paso hasta casi arrastrar los pies. Pude llamar a un taxi y, por suerte, no se desangró en la parte de atrás.

El príncipe no habló más que para darle su dirección al taxista. Durante todo el trayecto se mantuvo callado, también cuando nos bajamos del coche y lo ayudé a entrar en el ascensor para subir a la décima planta, la más alta. Apoyado contra mí, cualquiera pensaría que estaba soportando el peso de un tráiler, no el de un fae.

Abrió la puerta y una ráfaga de aire caliente sopló de pronto a nuestro alrededor. Las luces se encendieron y vi un espacio abierto y enorme que ni siquiera parecía habitado.

Las paredes eran de ladrillo a la vista y el salón daba a unos ventanales que iban del suelo de madera al techo. Había dos puertas: una cerca de la entrada que supuse que sería un armario y otra en el lado opuesto del salón. Reparé en una tele y en un sofá grande y modulable, pero aparte de eso, no vi nada más.

—Ya puedes marcharte. —Caminó y posó la mano en la encimera de mármol blanco de la cocina que no parecía haber usado en la vida.

Esta noche al parecer iba de mala decisión en mala decisión, porque entré tras él y cerré la puerta a mi espalda.

—¿Seguro que te vas a poner bien? —Me puse a juguetear con el botón de la chaqueta.

Él bajó la cabeza y soltó una larga bocanada de aire.

—Sí.

—No lo sé. —Me acerqué y ahora sí que fui capaz de olerla, entremezclada con aquel aroma veraniego suyo. La mancha roja y azulada de sangre fae en su mano—. ¿Llamo a alguien? A tu hermano...

—Ni se te ocurra llamar a mi hermano —espetó entre dientes. Cerró la mano de la encimera en un puño—. No llames a nadie.

Frustrada, eché un vistazo por el apartamento antes de clavar los ojos en él.

—Es evidente que bien no estás. No te has alimentado y estás ensuciando este precioso suelo de sangre. No tengo ni idea de por qué llevas dos años sin alimentarte. A ver, que me parece genial, pero tu hermano dice que él usa a humanos voluntarios...

—Lo dices como si te costara creerlo, pero sí, mi hermano solo se alimenta de los humanos que se prestan voluntarios.

—¿Y tú no has podido encontrar a ninguno?

—Otra vez con las preguntitas. —Sacudió la cabeza despacio—. Márchate.

—Pero...

—Creo que no me estás entendiendo. —Volvió a levantar la cabeza. Sí, los ojos le brillaban. Me estaba mirando como... como si estuviese hambriento. Famélico—. Tienes que marcharte ahora mismo.

Me estremecí y algo me hizo retroceder. El ambiente pareció tensarse y cargarse.

El príncipe se dio la vuelta y siguió mis movimientos con un brillo cazador en sus ojos azules.

—No te lo pienso repetir. Como no te marches, luego no podrás.

CAPÍTULO 17

No me lo tuvo que repetir.

Salí de aquel apartamento tan rápido como pude y enfilé el largo pasillo en dirección a las puertas de acero del ascensor antes de pararme en seco y mirar atrás.

—¿Qué estás haciendo? —susurré en voz baja. Sabía que debía llamar al ascensor e irme. No era mi responsabilidad y que me pareciera guapo no significaba que me gustara.

Porque no me gustaba.

Me quedé mirando el botón del ascensor.

Además, tenía que pensar en qué iba a decirle a Tanner y a Faye sobre Elliot y sus rarísimos ojos. Faye enseguida ataría cabos y saltaría a la conclusión de que, si Elliot se había vuelto malvado, era muy probable que su primo también.

Le di la espalda al ascensor y saqué mi móvil del bolsillo trasero.

—Joder —murmuré, rodeándome el abdomen con un brazo mientras llamaba a Tink, que descolgó al segundo tono.

—Hola, Light Bright, ya me estaba preocupando.

—Estoy bien, pero tengo un problema. —Miré al pasillo—. Estoy con el príncipe.

Hubo un instante de silencio.

—En plan... ¿con *el príncipe*? —dijo por fin.

—Sí.

—¿El hermano de Fabian?

—Sí, Tink, no hay ningún otro príncipe. Al menos, que yo sepa.

—¿Por qué estás con él? —preguntó—. Ay, madre. ¿Tenías una cita y me has mentido diciendo que ibas a buscar a los jóvenes desaparecidos? Menuda desvergonzada estás hecha.

—Tink...

—Aunque tienes buen gusto. Espera, necesito palomitas para esta conversación.

—Tink —espeté—. No estoy en una cita con él y tampoco necesitas palomitas para esta conversación. Sí que estaba buscándolos cuando me topé con él. —Decidí obviar la parte de Elliot por el momento—. Le han disparado varias veces.

—Ah, vaya.

—Sí, y está muy mal. No quería que llamase a su hermano ni a nadie del Hotel Faes Buenos.

—Pero acabas de llamarme a mí —puntualizó.

—Lo sé. —Exasperada, cerré los ojos y hablé en voz baja—. Te he llamado porque está fatal y no se ha alimentado.

—Aun así, debería de ponerse bien. Solo necesita descansar...

—Lleva dos años sin alimentarse —lo corté.

—¿Cómo? —chilló Tink—. ¿Lo dices en serio? Tengo que llamar a Fabian...

—No lo llames. Me ha pedido que no lo haga. —No tenía ni idea de por qué le hacía caso—. Solo quiero saber si se va a poner bien o no.

—No, Light Bright, ¡pues claro que no! —gritó Tink, y se me cayó el alma a los pies—. Si lleva dos años sin alimentarse, su cuerpo es básicamente como el de un mortal. La única diferencia es que tardará un poco más en morir.

—Mierda —musité, girándome hacia la puerta del apartamento del príncipe—. Pues menuda putada, porque está solo en su casa y no sé si podré atraer a algún humano para que se alimente.

—Puedes hacerlo tú.

—¿Qué dices? —Casi se me cayó el móvil al suelo—. ¿Te has vuelto loco?

—No es para tanto, créeme. Seguro que hasta te gusta.

Se me desencajó la mandíbula.

—Brighton, no puede morir. ¿Lo entiendes? Si no se alimenta, morirá, y si muere...

—¿Estará muerto? —«A la mierda»—. Vale, llama a su hermano. No me importa si se cabrea conmigo. No pienso...

—No hay tiempo. Para cuando Fabian llegue, ya será demasiado tarde. O te ofreces tú o secuestras a alguien. Y será contra su voluntad, claro.

No sabía qué decir.

—Y si tenemos en cuenta su historial y todas las cosas horribles que hizo bajo el hechizo de la reina, seguro que le parece una idea fenomenal —ironizó.

Se me revolvió el estómago.

—Es una putada, pero ¿y a mí qué?

—Has sido tú la que me ha llamado, así que tú sabrás.

Vale, ahí tenía razón.

—No puede morir —repitió Tink, más serio de lo que lo había oído nunca—. Si muere, toda la corte de verano se debilitará.

Abrí la boca para responder que me daba igual, pero en realidad no. Cuando la reina regresara, porque lo haría, la Orden y el mundo entero necesitarían a la corte de verano en plenas facultades.

—Y si muere, entonces Fabian será el rey y él... no puede ser el rey, Brighton. —Lo último lo había dicho en un susurro—. Si tú no lo ayudas, lo haré yo.

—Eso significa que vas a secuestrar a alguien. —Me giré y me pasé una mano por la cabeza. ¡Jodeeer! Odiaba mi vida—. Yo me ocupo.

—¿De verdad? —preguntó Tink—. Porque la corte y el mundo entero dependen de lo que vayas a hacer.

Puse los ojos en blanco.

—¿No te preocupa que me deje seca?

—No. —Lo dijo tan deprisa que no sé cómo no me desfiguré la cara de lo mucho que fruncí el ceño—. Él nunca te haría daño, Brighton. Nunca.

Me sorprendieron sus palabras y suavicé la expresión. Tardé un momento en poder formular una respuesta coherente.

—¿Cómo lo sabes?

—Lo sé porque es verdad. —Respiró tan fuerte que hasta pude oírlo a través del teléfono—. El príncipe jamás te haría daño. No cuando ya te salvó la vida en otra ocasión.

—¿Cómo? —Me reí—. ¿De qué estás hablando, Tink?

—Dijiste que te salvé la vida la noche en la que os atacaron, pero no fui yo, Brighton. Yo solo te encontré —dijo—. Fue el príncipe el que te salvó la vida en el hospital.

El recuerdo de haber visto al príncipe resurgió en mi mente y apreté los dedos alrededor del móvil. Lo había visto allí, pero creía... creía que había sido por alguna especie de trauma raro o una alucinación provocada por la medicación.

—Ibas a morir, Brighton. Te habían hecho demasiado daño, pero él... hizo algo. ¿Lo comprendes? —preguntó Tink—. Él te salvo la vida y ahora te toca a ti salvársela a él.

CAPÍTULO 18

¿Cómo asimila alguien que una persona que apenas conoce, alguien que no es humano siquiera —que es *el príncipe*— le ha salvado la vida a saber a qué coste?

En parte no me lo terminaba de creer. Que yo supiera, las hadas no podían curar a los humanos. Aunque quizás era por algo que solo podían hacer los antiguos. En ese caso, no tenía ni idea de qué podría haber sido y supuestamente la experta en faes era yo.

Por lo visto no sabía ni jota.

Tras prometerle a Tink que ya hablaríamos de todo cuando llegase a casa —si es que llegaba—, volví a la puerta del apartamento del príncipe.

Me obligué a no pensar en lo que estaba haciendo y giré el pomo. La puerta seguía abierta.

Solté una rápida oración, aunque de poco me valdría, y entré otra vez en silencio. Cerré la puerta y crucé los dedos por que volviera a salir con vida de allí.

«Él te salvó la vida y ahora te toca a ti salvársela a él».

Era de locos.

Lo que había dicho Tink no tenía sentido, pero aun así no dejé de andar.

La cocina estaba vacía. Me detuve junto a la encimera y vi algo de sangre roja y azulada. Seguro que dejaría una mancha.

Me acerqué al fregadero, agarré un trapo y la limpié sin pensar.

No había ni rastro del príncipe.

¿Y si había muerto?

«Él te salvó la vida...».

—¿Hola? —dije al tiempo que lanzaba el trapo al fregadero. Miré de reojo la puerta que conducía al dormitorio—. ¿Príncipe? Soy yo, Brighton.

No oí nada.

Me preocupé. Al ver que la puerta estaba entreabierta, me encaminé hacia allí. Con una mano temblorosa, la abrí del todo. Había estado en lo cierto; era el dormitorio y estaba igual de impoluto que el salón. Dicho de otro modo, estaba intacto; sin usar. Solo había una cama enorme con sábanas y un cobertor de color azul intenso en el centro, una mesita de noche y una cómoda.

«Y ahora te toca a ti salvársela a él...».

Vi una luz proveniente de otra estancia interior, así que me adentré en el dormitorio con las piernas temblorosas.

—¿Estás ahí? ¿Sigues vivo?

—Te he dicho que te vayas —oí que dijo tras varios instantes de silencio.

Aquella voz ronca hizo que se me cortara la respiración. Me quedé helada.

—Te habías marchado. —Hizo otra pausa—. No deberías haber vuelto.

Todo el mundo estaría de acuerdo con él. Menos Tink.

Pero aquí estaba.

—Sé... que no estás bien. —Aunque parecía estar pisando sobre arenas movedizas, me obligué a seguir caminando. Me acerqué a la zona de donde provenía la luz—. Sé... que no te pondrás bien si no te alimentas.

No respondió.

Tenía ganas de darme la vuelta y de salir huyendo, pero hice todo lo contrario. Me adentré en la estancia iluminada.

Y lo vi.

—Mier...

El príncipe estaba... sin camiseta. Mira que había visto a tipos con el torso desnudo, pero a nadie como él.

Y, por mucho que odiase admitirlo, no lo decía por los regueros de sangre que resbalaban por su espalda y estómago. Estaba mirando lo que no debía. No estaba prestando atención a los agujeros de bala en su hombro y en su pecho.

Era... guapísimo, aun cubierto de sangre.

Tenía la piel dorada y firme, los pectorales definidos, los abdominales marcados y un fino vello dorado que bajaba por su ombligo hacia la cinturilla...

Dios mío, tenía los pantalones desabrochados y bajados lo suficiente como para fijarme en que no llevaba ropa interior.

Debería apartar la mirada.

Pero no podía.

Clavé los ojos en sus caderas. ¿Cómo demonios había conseguido ganar músculo ahí? Jamás se lo había visto a nadie en la vida real, solo en fotos o en la tele. Empezaba a pensar que eran de mentira, pero estaba claro que no. Él tenía esos músculos y más. De hecho, su cuerpo era una maldita obra de arte. Dios, era más que evidente que necesitaba un buen orgasmo y no precisamente con mi querido vibrador. Me lo había quedado mirando como si jamás hubiese visto a un hombre y...

—¿Te gusta lo que ves? —preguntó.

Le sostuve la mirada y sentí que me ruborizaba de pies a cabeza.

—Estás sangrando —espeté. ¿Es que no había forma más estúpida de responder o qué?

El príncipe ladeó la cabeza. Tenía en la mano una toalla ensangrentada.

—No me había dado cuenta.

Estuve a punto de soltarle una impertinencia, pero me contuve porque se volvió hacia la ducha de azulejos grises y negros. Contrajo y flexionó los músculos antes de tirar la toalla dentro.

—Ya sabes por qué te he pedido que... te vayas —dijo. Giró medio cuerpo y se agarró al lavabo—. Me recuperaré.

¿Cómo era posible que me hubiera salvado la vida?

A ver, Tink no tenía por qué mentir. Y era consciente de que esa noche tendría que haber muerto. El dolor, la sangre, las cicatrices... Esas cicatrices solo las habían visto los médicos.

El príncipe me había salvado la vida.

Y no solo eso; entendía por qué hacía lo que hacía. No le gustaba y me había dejado claro que no quería que siguiera, pero ahora entendía muchas de las cosas que me había dicho. Aun así, me comprendía y nadie lo había hecho nunca.

Nunca había dejado que lo hiciesen. Ni siquiera con Ivy. Pero con el príncipe... me había abierto. Ahora me daba cuenta de que me había abierto a él. A pesar de conocerlo desde hacía dos años, había empezado a conocerlo de verdad hacía apenas una semana y él ya sabía más de mí que la mayoría de la gente.

¿Qué quería decir eso?

El pecho se me llenó de calidez, confusión y algo arrollador. Me quedé mirando a ese hombre tan atractivo y a la vez tan complicado. Eso era lo que veía en él. No a un fae ni a un antiguo ni a un príncipe, sino a un hombre.

Un hombre que se estaba muriendo y al que yo podía salvar.

—No te recuperarás. —Por fin logré decir algo coherente—. Sé que, si no te alimentas, morirás.

Me miró. Sus rasgos eran más pronunciados, más angulosos. Inspiró hondo y se le hinchó el pecho.

—¿Te... te estás ofreciendo?

El corazón me dio un vuelco cuando se apartó del lavabo y se giró hacia mí.

—He venido, ¿no? No me puedo creer lo que estoy haciendo, pero o te alimentas de mí o tendré que salir y secuestrar a algún humano, y no pienso hacer eso.

Abrió y cerró los puños a los costados.

—No pienso alimentarme de ti, Brighton.

—Entonces morirás.

Le palpitó un músculo en la mandíbula. Nos quedamos en silencio durante un momento.

—Sé que no quieres que me alimente de ti.

—Pues no —confesé. Jamás se habían alimentado de mí, ni siquiera cuando me atacaron, pero la cosa iba así: o volvía a mi casa como si nada o se sobrepasaba y me dejaba tiesa.

El príncipe avanzó hacia mí y yo me tensé. Se le dilataron las fosas nasales.

—Entonces, ¿a qué has venido? ¿Por qué te ofreces?

Podría mentirle y decirle que era altruista, pero tenía la sensación de que no se lo iba a tragar.

—Porque... lo sé. —Tragué saliva y le sostuve la mirada, abrasadora—. No me preguntes cómo, pero sé que me salvaste la vida.

Él se quedó inmóvil, tanto que me dio miedo que ya la hubiera palmado y fuera a desplomarse en el suelo, pero al ver que no, proseguí.

—Juraría haberte visto en el hospital, pero no estaba segura. Estabas allí, hiciste algo para que sobreviviera. —Tenía el corazón a mil por hora—. Por eso los médicos dijeron que fue un milagro, porque lo fue.

El príncipe cerró los ojos.

Quise preguntarle por qué, pero ya habíamos perdido demasiado tiempo. Con suerte lo averiguaría pronto.

—Me salvaste la vida y pienso devolverte el favor —dije retrocediendo.

Abrió los ojos.

—No lo hice para que me devolvieses el favor.

—Espero que no.

Seguí retrocediendo y me alegré de que me siguiera como un animal a su presa, aunque esa no fuera la mejor de las comparaciones.

Mis piernas chocaron con la cama en el momento exacto en que adiviné la razón.

—Me salvaste porque ayudé a tu hermano la noche de la batalla contra la reina.

Él ladeó la cabeza y se mantuvo callado. No le hizo falta hablar.

Lo sabía.

Metí la mano en el bolsillo de la chaqueta, saqué la estaca y la dejé sobre la cómoda.

—Para que... eh... no nos la clavemos ni tú ni yo.

El príncipe seguía observándome mientras su pecho se hinchaba y deshinchaba con rapidez.

Jugueteé con la chaqueta, nerviosa. Desabroché los botones porque me pareció que hacía demasiado calor en la habitación, me la quité y dejé que cayera al suelo.

Por mucho que me estuviera asando con los vaqueros y el suéter holgado, no pensaba desnudarme.

—No pienso irme, príncipe, y tampoco dejarte morir.

Se acercó a mí en un abrir y cerrar de ojos. Me tomó desprevenida, así que perdí el equilibrio y caí de culo sobre la cama.

—¿Sabes lo que ocurre cuando me alimento? —gruñó.

Me lo quedé mirando y tragué saliva.

—Sé que... hay gente a la que le gusta, o eso me han dicho, pero... la verdad es que no tengo ni idea.

—Te gustará.

Sucedió algo inesperado. Me hirvió la sangre.

—Tampoco exageres.

Me observó durante un momento.

—No sabes lo que estás a punto de hacer.

—Sí que lo sé.

El príncipe movió las manos demasiado deprisa como para poder fijarme bien. Me acarició las mejillas con las yemas de los dedos.

—Puedes marcharte si quieres.

—Si lo hago, morirás.

—Tal vez sea lo mejor.

Esa respuesta me sorprendió y me dejó algo descolocada, la verdad. Levanté las manos y le agarré las muñecas.

—¿Por qué dices eso?

Cada vez estaba más pálido; pronto estaría tan blanco como un fantasma.

—Ya sabes las cosas que he hecho.

—No fue culpa tuya.

—No puedo cambiarlo.

—Ya basta. —Se me quebró la voz—. Has cambiado porque estás aquí. Vas a alimentarte para no morir, punto. Venga.

Se tensó, pero vi la resignación en su cara y el alivio mezclado con un poco de miedo. No iba a morir esta noche y esperaba que yo tampoco.

—No te haré daño —susurró—. No me pasaré de la raya, te lo prometo.

Antes de poder preguntarle a qué se refería, sus dedos descendieron por mi garganta. Me echó la cabeza hacia atrás y pasaron los segundos.

—No te salvé por lo que hiciste por mi hermano —dijo, y entonces bajó la cabeza.

CAPÍTULO 19

El príncipe no me besó. No movió sus labios contra los míos. El contacto fue mínimo y aun así lo sentí en cada célula, en cada parte de mi cuerpo.

Entonces, exhaló contra mis labios.

Fue como si un líquido suave y caliente con sabor a coco tostado descendiera por mi garganta. Qué extraño, ¿no? El calor se arrebujó en el mismísimo centro de mi ser y luego *tiró*.

Me sacudí. Sentí como si mi cuerpo se estuviera elevando en el aire, pero no sabía si me estaba moviendo o si el príncipe me estaba sujetando por los hombros.

No dolía..., al revés, me sentía más ligera. Como si estuviese flotando en agua templada. El calor de mi cuerpo envolvió mi piel y apenas fui consciente de cómo mis manos resbalaban de sus muñecas y caían flácidas a mis costados. Entonces, cuando echó la cabeza a un lado, aquel tirón se intensificó y —ay, Dios— se transformó en otra cosa.

Me tensé. Se me aceleró el corazón y mis sentidos se sobrecargaron. Una ráfaga de intenso placer apareció de la nada y me arrolló con tanta fuerza que la sangre se me derritió en charcos de calor y un torbellino de sensaciones se apoderó de mí. Me fue imposible ahogar un ruidito cuando arqueé el cuerpo; un ruidito por el que sabía que me moriría de la vergüenza luego.

El príncipe se estremeció y curvó los dedos bajo mis brazos. Me levantó, me tumbó y luego noté el peso de su cuerpo sobre el mío.

Dejé de pensar.

Dejé de ser yo, quienquiera que fuese, y simplemente di rienda suelta a lo que estaba sintiendo. Era tan bonito que hasta casi dolía.

Llevé las manos a su torso desnudo y abrí las piernas para que pudiera apoyar una rodilla entre ellas. Había perdido el control de mi cuerpo y me daba igual. Empecé a moverme, retorcerme y restregarme contra su muslo; la fricción era tan sublime que hasta me hizo jadear. Curvó una de sus manos sobre mi cadera y aguantó el peso de su cuerpo con la otra.

Y entonces sucedió.

La fuerza arrolladora en mi interior se desbordó en una primera oleada de puro placer. Grité contra su boca a la vez que mi cuerpo empezaba a sufrir espasmos. Aquella sensación de éxtasis absoluto duró casi una eternidad. Cuando acabó, todos los músculos de mi cuerpo parecían haberse vuelto de gelatina.

Fui consciente de cómo el suave tirón se ralentizaba, me soltaba y luego desaparecía. Había terminado de alimentarse, pero dejó su boca pegada a la mía y el latir de mi corazón se extendió a varios puntos de mi cuerpo. Aquel delicioso anhelo seguía presente, palpitante, martilleando contra mí, deseando *más*, porque, aunque la experiencia había resultado extraordinaria, ahora sentía el vacío que me había dejado por dentro. Porque se había alimentado de mí y también porque... era *él*.

El príncipe levantó la cabeza.

Abrí los ojos y vi que él los tenía cerrados. Tenía la cabeza ladeada hacia atrás y los músculos del cuello tensos y apretados. Estaba guapísimo así, impresionante. Bajé la mirada hasta su hombro. La herida se había sanado, al igual que la del pecho. Ya solo quedaban unos leves rastros de sangre seca. Me supuse que la del muslo también se le habría curado, pero parecía... dolorido.

Levanté la mano y le toqué la mejilla con la punta de los dedos.

—¿Estás... bien? —Al ver que no respondía, moví su barbilla hacia abajo—. ¿Príncipe?

Su pecho se elevó de golpe y cuando abrió los ojos, ahogué un grito. Habían cambiado de color.

—Tus ojos —susurré. Ya no eran de un azul claro, sino de un bonito e intenso color ámbar.

—No pasa nada —dijo con la voz ronca—. Era... inevitable.

Fruncí el ceño.

—¿Qué quieres decir?

El príncipe sacudió levemente la cabeza.

—Nada. ¿Estás bien?

Logré asentir.

Volvió a cerrar los ojos.

—¿Puedes hacerme un favor? —Giró la cabeza hacia mi mano y me sorprendió dándome un beso en mitad de la palma—. Llámame Caden.

—¿Caden?

—Así me llamo. —Sus labios volvieron a rozar mi mano—. Caden.

Una sensación extraña invadió mi pecho.

—Vale. Caden. Claro. —Bajé la mano hasta su hombro desnudo y él se encogió ante mi contacto. La aparté enseguida—. ¿Seguro que estás bien? ¿Has tomado bastante?

—¿Bastante dices? —soltó una risotada y pegó la barbilla al pecho—. Sí, he tomado bastante.

—Entonces, ¿qué...? —Se me quedaron las palabras atascadas cuando el príncipe... no, *Caden* se movió un ápice y se pegó contra mí. Entonces lo sentí, duro y apretado contra mi cadera.

Estaba empalmado.

Y mucho.

Había vuelto a cerrar aquellos ojos tan extraños, pero su expresión seguía siendo la misma que antes de alimentarse. Tenía hambre... de *mí*.

No sé muy bien qué fue. Si lo que habíamos compartido me dio el coraje necesario o si fue algo muchísimo más profundo, pero igualmente lo recibí con los brazos abiertos.

Le acaricié la mejilla, deslicé el pulgar por su labio inferior y me deleité con cómo respiró de golpe, como si mi tacto tuviera alguna especie de impacto en él. Seguí la línea de su mandíbula y cerró los ojos a la vez que un músculo de su mentón palpitaba contra la palma de mi mano.

—¿Qué haces? —preguntó.

—No lo sé —mentí. Sí que sabía lo que estaba haciendo cuando entrelacé los dedos con el suave pelo de su nuca y tiré de su cabeza hacia abajo mientras yo levantaba la mía.

Sabía perfectamente lo que hacía cuando rocé sus labios entreabiertos con los míos y la punta de su lengua con la mía.

Caden permaneció inmóvil. No movió ni un músculo. No me devolvió el beso, simplemente se quedó de piedra sobre mí y, cuando reabrí los ojos, vi que había abierto mucho los suyos.

Ay, no...

¿Lo había hecho... mal? Hacía una eternidad desde la última vez que me habían besado e incluso más desde que yo besara a alguien, así que no tenía ni idea de si lo estaba haciendo bien o de si realmente había alguna forma de hacerlo mal.

Empecé a apartar la mano.

—Lo sie...

Separó la mano de mi cadera y la llevó hasta mi cuello antes de acercar su boca a la mía a toda prisa y detenerse a un pelo de distancia.

—No podemos. —Me acarició el cuello con el pulgar, justo donde el pulso palpitaba errático—. No podemos hacerlo.

La confusión me embargó.

—¿Ah, no?

Caden se estremeció mientras apoyaba su frente contra la mía y movía las caderas en círculo.

—No.

—¿En serio? —susurré.

—Te prometí que no me pasaría de la raya.

—Pero yo quiero. —Para demostrárselo, deslicé las manos por los tensos músculos de su espalda y luego más abajo hasta introducir los dedos bajo sus pantalones abiertos—. ¿Tú... tú no? A mí me parece que sí.

—Dios —gimió, desplazando la boca hacia mi cuello—. Nunca he deseado a nadie como te deseo a ti. —Me besó justo debajo de la oreja y yo arqueé la espalda—. Pero ahora mismo no eres dueña de tu cuerpo. No después de haberme alimentado de ti.

—Pues a mí no me lo parece —dije, y juraría que lo sentí sonreír contra mi cuello.

—Estoy intentando comportarme... mejor de lo que lo he hecho —explicó después de un buen rato. Levantó la cabeza y clavó aquellos impresionantes ojos en los míos—. No sé si servirá, pero estoy intentando ser mejor y jamás me había costado tanto como en este momento.

Me quedé sin respiración. Deslicé de nuevo la mano por su mentón y recordé lo que había dicho antes de alimentarse. Que había cosas que no podía cambiar. Le sostuve la mirada mientras se me formaba un nudo en la garganta. Entendía ese sentimiento... la idea de que había cosas en la vida que eran imposibles de cambiar por mucho que quisiéramos.

Pero yo... yo no quería que siguiera torturándose por eso.

—No tienes la culpa de las cosas que tuviste que hacer bajo el hechizo de la reina. —Cuando intentó rehuirme la mirada, no lo dejé—. Ya eres mejor. No me has hecho daño. No quieres aprovecharte de mí. Me has salvado la vida más de una vez. No eres él.

Se quedó callado durante un buen rato.

—Saber eso no borra los recuerdos. Era consciente de todo, pero no podía hacer nada por evitarlo. No era dueño de mi cuerpo.

Se me encogió el corazón.

—Lo siento, Caden. De verdad.

Sus ojos refulgieron y luego se quitó de encima de mí y se tumbó boca arriba a mi lado.

—Me lo estás poniendo muy difícil.

Me mordí el labio y clavé la mirada en el techo abovedado de su dormitorio.

—¿Lo... siento?

No respondió.

Me costó la misma vida rodar hasta ponerme de costado, pero lo hice.

—¿Tu hermano sabe que no te has estado alimentando?

—Creo que lo sospecha, pero no me ha dicho nada.

—¿Por qué no lo habías hecho? ¿Querías vivir como Tanner?

—Los antiguos no tenemos esa posibilidad. Si no nos alimentamos, nos debilitamos y envejecemos, pero a un ritmo muchísimo más lento que los humanos. Las heridas pueden volverse mortales y perdemos toda nuestra fuerza —explicó.

—Entonces, ¿por qué?

Se llevó las manos al pecho.

—Estando bajo el control de la reina, me alimentaba... de más. Varias veces al día. A algunos los maté —dijo en voz baja y yo me encogí—. A otros los esclavicé. A otros no tengo ni idea de lo que les pasó y tampoco me importaba por aquel entonces. Y eso no era lo único que hacía... en exceso.

—¿Te refieres al sexo? —pregunté.

—No me había alimentado ni he estado con nadie desde que Fabian rompió el hechizo. Es solo que no...

Estiré el brazo y posé una mano en el suyo.

—No pasa nada. Lo entiendo.

Giró la cabeza hacia mí.

—¿Por qué no me extraña, lucero?

Hasta cierto punto lo hacía. Bajé la mirada hasta donde mi mano hacía contacto con su brazo.

—¿Por qué me llamas así? ¿«Lucero»?

—Porque un día vi tu sonrisa y fue como si de pronto el camino se iluminara frente a mí...

Vaya... Eso había sido... *guau*.

—... y tu pelo eclipsa hasta los mismísimos rayos del sol —añadió.

Me reí. No pude evitarlo. Se me escapó.

Enarcó una ceja y esbozó una sonrisilla.

—Acabo de decirte un cumplido y tú te ríes de mí.

—Sí, lo siento. Es que... viniendo de cualquier otra persona, habría sonado ridículo.

—¿Y de mí no?

—No —admití, levantando la mirada hasta la de él—. Para nada.

La sonrisilla reapareció. No parecía gran cosa, pero viniendo de él sí que lo era.

—Tengo otra pregunta.

—Cómo no —replicó, irónico.

Sonreí al oírlo.

—¿Cómo... cómo me curaste? No sabía que algo así fuera posible.

—Es algo que solo yo puedo hacer.

—¿Por qué?

El príncipe suspiró con pesar, aunque con cariño, como si mis ciento una preguntas lo divirtieran más de lo que lo molestaban.

—Al ser el mayor de mi corte puedo... ¿cómo decirlo? Revertir el proceso de alimentarme.

—¿Revertirlo? Eso suena... raro.

—En vez de tomar de un humano, puedo dar. Si aún queda vida dentro del humano, existe la posibilidad de que pueda salvarlo.

Le di vueltas a eso.

—Entonces, ¿básicamente te enrollaste conmigo mientras estaba inconsciente en el hospital?

Resopló.

—Ni de lejos, nunca haría tal cosa. En el pasado, no obstante...

—Lo sé. Te estaba tomando el pelo. —Le di un apretón en el brazo y luego fui a apartar la mano, pero sucedió algo de lo más extraño. Caden me la atrapó y entrelazó nuestros dedos.

—Ya lo hice una vez —dijo—. Bajo el hechizo de la reina, cuando acababa de cruzar el portal. —Se calló, exhaló con pesar y desvió la mirada hacia el techo—. Ivy me siguió y luchamos. Ella no acabó... demasiado bien.

Lo recordaba. Esa fue la noche en la que se hizo con el cristal de sangre: el cristal que podía abrir el portal y que ahora estaba en manos de la reina. Vi a Ivy brevemente después de la pelea y no parecía quedar ninguna parte de su cuerpo ilesa.

—Acabó bastante mal —siguió, y empezó a aflojar el agarre, pero yo no se lo permití. Me miró a los ojos—. La curé.

—¿Ella lo sabe?

—Sí. —Hizo una pausa a la vez que cerraba los ojos—. Creo que piensa que funcionó porque era semihumana. Yo no la he corregido.

—Bueno, pues gracias por... salvarme la vida.

Abrió los ojos.

—No tienes que dármelas.

—Sí. Si no lo hubieras hecho, yo no estaría aquí. Estaría... —Fui incapaz de contener el bostezo, por muy irrespetuoso que resultase—. Lo siento.

—No pasa nada. —Aquella sonrisilla reapareció y tiró de sus labios carnosos—. Es por haberme alimentado. Te sentirás muy cansada durante un par de horas y dormirás más profundamente que nunca, pero cuando te despiertes, será como siempre.

Miré a mi alrededor a la vez que empezaba a soltarle la mano. Se estaba haciendo tarde y lo que menos me convenía era quedarme frita en su cama.

—Debería...

—Deberías quedarte.

Desvié la mirada hacia él de golpe.

—Perdona, ¿qué has dicho?

—Que deberías quedarte.

—No... no lo sé. —Parecía un paso muy grande hacia... hacia no sabía qué y, además, no estaba segura de que él realmente quisiera tenerme aquí. Sí, me había salvado la vida, me llamaba «lucero» y no se había aprovechado de mí, pero me había dicho que nunca había deseado a nadie como me deseaba a mí y eso era... era... bueno, no me lo creía. Y no porque tuviera la autoestima baja ni nada, solo era realista. Sabía cómo era, el aspecto que tenía. También que Caden no había hecho nada durante estos dos años y que seguramente no le hiciera ascos a nadie.

Y eso tampoco debería importarme. De verdad que no.

Pero lo hacía.

Así que eso significaba que debía ponerme en marcha antes de que se me subiese a la cabeza y luego todo fuese peor.

Solté su mano y fui a ponerme de pie. Me costó al principio, pero lo hice.

—Tengo que irme. Tink seguro que estará preocupado.

—Tink... —Caden pronunció el nombre del duende mientras se levantaba con mucha más rapidez y gracia que yo—. ¿Se está quedando contigo?

Asentí y miré la chaqueta destrozada. Probablemente fuese mejor dejarla allí, lo cual significaba que no podría llevarme la estaca.

—Supongo que hasta que Ivy y Fabian vuelvan.

—¿Sabes por qué no se ha ido con mi hermano? —preguntó.

—Sí. Se lo pregunté y me dijo que es porque no le gusta Florida. Si no recuerdo mal, dijo que era «la Australia de los Estados Unidos» o algo así. —Al levantar los brazos noté que tenía la coleta deshecha. Traté de apretarla, pero al final desistí y me solté el pelo.

—Me gusta.

Lo miré por encima del hombro y casi deseé no haberlo hecho. El brillo dorado de su piel había regresado y mientras se ponía de pie, sus músculos hicieron un montón de cosas interesantes.

—¿Lo de que Florida es Australia?

—No. Eso no sé si será verdad, pero le creo. —Se detuvo frente a mí—. Me refería a tu pelo. Me gusta cuando lo llevas suelto.

—Ah. —Me toqueteé las puntas, desvié la mirada y la fijé en su pecho. Decidí que aquello era peor, así que terminé bajándola hasta el suelo—. Lo tengo fatal.

Me apartó la mano del pelo y me puso de pie.

—Lucero... Aún sigues pareciendo un lucero.

No supe qué responder a eso.

—Tengo que irme.

Pensé que me soltaría, pero al ver que no, levanté la mirada y me vi estrechada contra su cálido pecho. ¿Cuándo fue la última vez que me habían abrazado así? Sentí su siguiente respiración. ¿Cuándo fue la última vez que había abrazado a alguien así?

—Gracias —dijo con voz ronca, acariciándome la espalda—. Gracias por lo de esta noche.

—No es para tanto.

Se rio entre dientes; un sonido nuevo, pero agradable igualmente.

—Sabes que eso no es verdad. —Retrocedió y me acunó las mejillas—. Gracias, Brighton.

—De nada.

Nos quedamos así un rato, con él deslizando los pulgares sobre mis mejillas. Creí que no me iba a soltar nunca. Que insistiría en que me quedase. Y si lo hacía, yo... lo haría, independientemente de lo mala idea que fuera.

Pero me soltó.

CAPÍTULO 20

Cuando me desperté vi que Tink estaba colgado boca abajo del cabecero de mi cama, con las alas abiertas y su carita a escasos centímetros de la mía.

Así empezaba mi sábado por la mañana.

—¿Me estabas viendo dormir otra vez? —gruñí y me tapé la cabeza con el cobertor.

—Solo me aseguraba de que seguías viva —contestó—. Apenas se te movía el pecho, así que me he preocupado un poquitín.

Me puse de lado aún tapada con el cobertor.

—Pues anoche no lo parecías tanto cuando me dijiste que alimentase a Caden. Ni siquiera me esperaste despierto.

—¡Que sí te esperé! —Oí un ruido cerca de la cabeza que me avisó de que Tink se había dejado caer sobre la almohada—. Sí que estaba preoc... Un momento, espera. ¿Has dicho «Caden»?

Mierda. Cerré los ojos con fuerza. *Caden*. Así se llamaba. Sentí un revoloteo en el estómago que me hizo querer sonreír y gritar a la vez.

—Quería decir el príncipe.

—No, no. —Sentí una manita sobre la nuca—. ¿Qué hiciste anoche? ¿Algo más que alimentarlo? ¿O es que lo alimentaste con tu vag...?

—Dios, Tink, no. —Aunque no por no haberlo intentado, pero eso no se lo dije—. Si tan seguro estabas de que no pasaría nada, ¿por qué tanta preocupación por si respiraba o no?

—Eres mayor, quizá te había dado un infarto.

—Oye, que no soy tan mayor. —Aparté el cobertor y lancé una mirada asesina al duende. Vestía unos pantalones de cuero que no sabía de dónde los había sacado ni por qué los llevaba puestos—. Madre mía, Tink.

—Oye, que la cardiopatía es la causa principal de muerte en las mujeres...

—No es una cardiopatía; estaba durmiendo, como siempre, pero me has despertado.

—Lo siento. —Se sentó junto a mi cara—. Deduzco entonces que *Caden* se encuentra bien.

—Sí, lo está y lo estará. —Me pasé una mano por la cara.

—Me alegro.

Me puse boca arriba y me froté los ojos.

—¿Cómo supiste que me... que me salvó?

—Me lo dijo Fabian, no tengo ni idea de cómo se enteró él, supongo que se lo contaría Caden.

—¿Y por qué diablos no me lo has dicho hasta ahora?

—¿Cómo pretendías que sacara el tema? «Oye, por cierto, el príncipe te salvo la vida. Pásame la sal, anda».

—Pues así mismo, sí.

—No me correspondía a mí.

Giré la cabeza hacia él.

—Pero si me lo has contado.

—Porque no me quedaba de otra. —Apoyó la barbilla en las manos y se inclinó hacia delante—. En fin, dime, ¿qué pasó anoche entre vosotros?

—Nada —suspiré.

—Algo debió de pasar, porque lo llamas *Caden* —insistió—. Y la única persona que lo llama así es su hermano... y ahora tú.

Todavía seguía medio dormida. Me di la vuelta y le di la espalda a Tink.

—Necesito café —le dije al tiempo que me quitaba el cobertor de encima—. Pero antes creo que voy a ducharme.

—¿Para deshacerte de las pruebas de una noche loca de pasión?

—Cierra el pico. —Bajé las piernas por el borde de la cama y me levanté. El mundo me dio vueltas durante unos segundos y tuve que volver a sentarme—. *Uf.*

—¿Estás bien? —Tink, preocupado, había echado a volar con los ojos bien abiertos.

—Sí. —Me llevé los dedos a las sienes—. Me he levantado demasiado rápido, no pasa nada.

—Ten cuidado, anda. —Posó una mano en mi brazo—. Tómatelo hoy con calma.

Le sonreí.

—Eso haré.

Se me quedó mirando antes de dirigirse hacia la puerta.

—Voy a encender la cafetera.

—Vale, gracias.

Se detuvo al llegar a la puerta y me miró.

—Qué fuerte que te haya dicho su nombre.

Me aparté el pelo enmarañado de la cara y me mordí el labio. Los faes, al igual que las criaturas del Otro Mundo, rara vez revelaban su verdadero nombre. «Tink» no era el nombre real de Tink, solo uno que le había puesto Ivy.

—¿Caden es su verdadero nombre?

Asintió revoloteando en el aire sin hacer ruido.

—Creo que es una abreviatura de su nombre, pero sí, se llama así. Te lo ha dicho y eso significa algo, Light Bright.

Abrí la boca sin saber cómo responder. De todas formas, daba igual. Tink se marchó.

¿En serio significaba algo? No tenía ni idea y no estaba preparada para comerme la cabeza analizándolo.

Me levanté más despacio y me fui a duchar. Entre echarme el champú y el acondicionador me acordé de dónde había visto lo de las hadas con ojos negros.

Fue en uno de los tomos antiguos de la historia de los faes en Nueva Orleans de los que mi madre había sido curadora. Habían pertenecido a los miembros caídos de la Orden o de los que habían llegado a jubilarse. Al catalogarlos ya les había echado un vistazo rápido, aunque sin tener ni idea de si la información resultaría útil o no, así que en cuanto terminé de ducharme y me sequé el pelo con una toalla, me vestí con unos *leggins* negros y un suéter finito del mismo color y decidí averiguarlo.

Hice una paradita en la cocina para servirme una taza de café y subí al despacho. El aire estaba viciado y las partículas de polvo revoloteaban bajo el sol que se colaba por las ventanas, por lo que encendí el ventilador.

No presté atención al desorden del escritorio, sino que me dirigí a las estanterías mientras bebía el café.

Había muchísimos libros y diarios, tanto personales como profesionales. Cientos. Encontré el que buscaba cuando ya apenas me quedaba café. Era un cuaderno forrado en cuero de color verde bosque en el que rezaba «Roman St. Pierre».

Me acerqué a la silla junto a la ventana, dejé la taza encima del viejo baúl y me senté sobre las piernas flexionadas. Si no recordaba mal, Roman era uno de los médicos de la Orden. Juraría que había muerto hacía bastante más de una década. Pasé hojas de patrullas y fragmentos de su investigación y di con la sección que había estado buscando.

Databa de junio de 1983 y era una entrada sobre un fae arrinconado a la salida de un establecimiento en Decatur que se llamaba, por raro que sonase, «Vainilla». Enarqué las cejas y empecé a leer:

Detectamos a dos faes varones saliendo del Vainilla y los captu-ramos a un bloque de distancia. Ambos parecían haber mutado.

¿Mutado? ¿Qué demonios...? Lo releí para comprobar que lo había entendido bien y así fue.

Sus ojos eran completamente negros y opacos, como los del fae que atacó a Torres, lo cual confirma su testimonio. Cuando los capturamos, se deterioraron rápidamente. Jamás habíamos visto nada igual. En cuestión de cuatro horas no quedó más que polvo de ellos. Harris cree que se debe a que no se habían alimentado, pero según nuestra investigación anterior los faes pueden seguir viviendo sin hacerlo...

Harris fue otro de los médicos que trabajaba para la Orden. Por desgracia, había muerto ya, por lo que no podía llamarlo y preguntarle cómo demonios podía desintegrarse un fae tan rápi-do, o mejor, que a qué se referían con eso de haber «mutado». Seguí leyendo hasta dar con otra entrada datada de un mes des-pués.

—Dios —susurré. Casi se me cayó el diario cuando vi su nombre.

Basándonos en las muestras que Merle trajo al cuartel ge-neral, nuestras sospechas con respecto a los mutados eran ciertas. Alguien ha alterado la bebida favorita de los faes. Hemos hallado en la belladona restos de una sustancia en polvo parecida al aliento del diablo. Creemos que esta sustancia, creada en el Otro Mundo, ha provocado las incipientes tendencias agresivas y el rápido deterioro. Puede que los efectos que provoque la sustancia sean similares a los del aliento del diablo.

Sentí una opresión en el pecho al leer el nombre de mi madre. Necesité unos momentos para poder seguir, pero entonces me fijé en algo perturbador.

Habían arrancado varias páginas del diario aquí y allá y no pude encontrar más información sobre los faes mutados o el aliento del diablo.

Cerré el libro y permanecí allí sentada durante un momento. ¿Seguiría abierto ese sitio, Vainilla? No lo creía, no había oído hablar de él. Me levanté y me acerqué al ordenador. Me habían llegado un montón de notificaciones.

Tras una infinidad de pistas falsas encontré la ubicación donde solía estar el Vainilla —cerca de la fábrica de dulces—, pero ahora allí había otro bar llamado «Ladrones». Nunca había oído hablar de ese sitio, aunque tampoco era raro porque había cientos de bares y discotecas en ese distrito.

Me aparté del escritorio y me acerqué a la mesita auxiliar. Ahí estaban los mapas de mi madre con todos los escondites secretos de las hadas. Los extendí y pasé el dedo por el pergamino viejo hasta encontrar la zona donde creía que estaba Decatur.

¡Bingo!, había una marca en la ubicación del bar Ladrones.

—Joder. —Me erguí y apoyé las manos en las caderas. Seguro que antes o después habría ido para allá, pero todavía no había llegado a explorar esa zona.

Me pregunté qué demonios sería esa sustancia, el aliento del diablo, así que volví al escritorio, lo escribí en el buscador y... deseé no haberlo hecho.

El aliento del diablo existía, era una de las drogas más potentes del mundo y derivaba de los árboles de las trompetas. Se llamaba «burundanga», «la droga zombi de Sudamérica». La persona bajo sus efectos dejaba de decidir por sí misma, sufría de amnesia y parálisis o podía, incluso, morir. Por lo visto unos médicos la prescribieron, a saber para qué. Si había una planta del Otro Mundo parecida a esta que privaba a los faes de su capacidad de decisión, eso significaba...

Bueno, ya se sabía lo que eso significaba. Caden era el ejemplo perfecto de lo que podía pasarle a un fae, uno muy poderoso, cuando dejaba de ser capaz de decidir por sí mismo.

Perturbada, busqué el bar con el nombre de Ladrones y después pasé a los documentos públicos: los de los impuestos y el registro de propiedad. Empecé a inquietarme cuando vi el nombre de uno de los dueños.

Marlon St. Cryers, uno de los antiguos que se alió con la reina y un constructor bastante influyente, aunque estaba más que muerto.

Entonces reparé en el del otro propietario.

Rica Car I.

Qué nombre más raro. Cuanto más lo miraba, más raro me parecía. Sopesé que, más que un nombre, parecía un anagrama. Pero ¿de qué?

Tomé un cuaderno y un bolígrafo y escribí algunas variaciones. No tardé mucho en dar con un nombre, uno que era igual en ambos mundos.

Aric.

CAPÍTULO 21

Si Miles descubría lo que estaba a punto de hacer, me expulsarían de la Orden como mínimo. Lo peor que me podría pasar era que me acusaran de alta traición, porque no habría abogados ni juzgados que pudieran defenderme. La pena por traicionar a la Orden era la muerte.

Estaba acercándome peligrosamente a la traición cuando el sábado por la tarde crucé el vestíbulo del edificio donde vivía Caden y pulsé el botón de su planta. Podría haber acudido a Miles con lo que había descubierto, pero no estaba segura de que él fuera a mover un dedo, puesto que estaba relacionado con los jóvenes desaparecidos. Que algo extraño estuviera afectando a los faes, haciendo que mutaran, no era problema de la Orden.

Al menos por el momento.

Pero sí que podría convertirse en un gran inconveniente. Porque si había algo ahí fuera que arrebataba la voluntad de los faes, y si eso era lo que le había ocurrido a Elliot y a los otros jóvenes desaparecidos, entonces podía sucederle a *cualquiera* de la corte de verano. Joder, a todos incluso.

Y eso sería malo. Muy malo.

Por eso venía a ver a Caden, porque esto le concernía a él y a su corte.

Mientras subía en el ascensor pensé que no tenía ni idea de si estaría en su casa, pero no tenía forma de contactar con él. Si no estaba allí, acamparía en su puerta o iría con Tanner y Faye para ver si ellos podían hablar con él.

No quería pensar en que podría haberle pedido a Tink que hablara con Fabian para que me diera esa información. No quería pensar en eso porque, si lo hacía, también tendría que admitir que había elegido venir al apartamento de Caden porque... porque quería verlo. Y admitirlo también implicaría admitir que me había arreglado antes de venir. Me había cepillado el pelo y me lo había dejado suelto —que ya era más de lo que hacía los sábados por la tarde— y llevaba un jersey largo y botas. A ver, que el conjunto no era ni de lejos el más atrevido que tenía, pero siempre me sentía guapa con él puesto.

Y tampoco, *tampoco* iba a pensar en por qué necesitaba sentirme guapa para ir a ver a Caden.

Enfilé el pasillo hacia su apartamento con el corazón latiéndome a mil por hora, como si hubiera subido por las escaleras en vez de en ascensor, y sacudí la mano alrededor de la tira del bolso. Llamé a la puerta con dedos temblorosos antes de dar un paso atrás.

«Te lo ha dicho y eso significa algo».

Aparté las palabras de Tink de mi mente. Dios, estaba cometiendo una estupidez. Tendría que haber intentado conseguir su número a través de Fabian. No había motivos para que viniese aquí y menos después de lo que había ocurrido anoche. Él se había alimentado de mí y yo había tenido un orgasmo brutal, y encima seguro que ahora las cosas estarían rarísimas entre nosotros. Tendría que haber pensado en eso antes de venir...

La puerta se abrió y ahí estaba él, frente a mí, atónito al verme, pero igual de guapo que siempre.

Vestía una camiseta de manga larga Henley que marcaba sus hombros y su torso bien definidos y unos vaqueros oscuros. Además, iba descalzo. El tipo tenía unos pies de lo más sexis, algo que jamás se me habría ocurrido pensar sobre nadie.

Nunca lo había visto con un aspecto tan... normal.

Bueno, en realidad nunca podría parecer normal, no cuando todo él era tan perfecto.

—¿Qué haces aquí? —preguntó en voz baja.

—Hola. —El corazón me dio un vuelco en el pecho—. Siento... eh... haberme presentado sin avisar, pero he descubierto algo que... —Me callé cuando Caden salió al pasillo y estuvo a punto de cerrar la puerta a su espalda.

—¿Quién es? —dijo una voz femenina que me resultaba vagamente familiar.

Miré tras Caden y juraría que lo oí maldecir. La puerta daba directamente a la cocina y al salón, así que la vi al instante.

Al principio no la reconocí, solo la había visto muy fugazmente una vez y no esperaba volvérmela a encontrar.

Sobre todo porque estaba bastante segura de que había muerto.

Era la fae del club Flux, la que me llevó hasta Tobias.

Alyssa.

Llevaba un vestidito negro muy corto que pronunciaba su esbelta y delgada figura. Resaltaba su luminosa piel plateada, su escote y también sus larguísimas piernas.

Ladeó la cabeza y enarcó las cejas. Parecía tan sorprendida de verme como Caden.

Bajé la mirada hasta su mano. Tenía... una copa de belladona y también iba descalza.

Se me revolvió el estómago. Retrocedí y desvié la mirada hacia la de Caden. Me había dicho que había matado a los faes que estaban fuera de la habitación en la que había entrado con Tobias..., pero Alyssa era una de ellos.

Y ahora estaba aquí con él, con un vestido cortísimo y sensual y bebiendo belladona tan tranquilamente.

La intimidad de lo que estaba claramente interrumpiendo me sorprendió tanto como ver a Alyssa viva; una fae de invierno con el príncipe de verano, en su apartamento, bebiendo belladona.

No di crédito mientras las piezas del puzle empezaron a encajar en mi mente y entonces recordé lo que me dijo anoche. «Nunca he deseado a nadie como te deseo a ti».

Dios.

Deberían darme el premio a la mayor imbécil del planeta.

—¿Quién es? —preguntó Alyssa, acercándose y curvando los labios pintados de rojo en una sonrisa curiosa.

Caden me dedicó un vistazo rápido y enarcó una ceja.

—Nadie.

Me tembló el cuerpo cuando nuestras miradas se cruzaron. Se me quedó observando como... como si no terminara de creerse que estaba frente a él.

—Qué decepción. —Alyssa se había detenido a espaldas de Caden y él se tensó cuando ella colocó una mano en su brazo y se lo acarició—. Creí que era la comida.

«La comida».

En plan, que había venido a ofrecerme como cena. Madre de Dios. Mi mente empezó a funcionar a marchas forzadas. O Caden me había mentido desde el principio, desde que había matado a todos los que estaban fuera de la habitación del Flux hasta lo de que no se había alimentado, o se me estaba escapando algo.

Pero en ese momento nada de eso importaba. Tenía que salir de aquí.

—Perdonad —dije con voz ronca—. Me he equivocado de sitio.

—Evidentemente. —Alyssa sonrió mientras lo agarraba del brazo—. No me van las viejas y feas.

—Ni a mí tampoco —añadió Caden.

Me encogí. Joder... eso había dolido. Empecé a darme la vuelta porque estaba a nada de intentar apuñalarlos a ambos en el pecho.

—Espera. —Alyssa rodeó a Caden—. Espera un segundo. ¿No te conozco?

Mierda.

—Me resultas familiar —dijo.

Caden se giró hacia la fae, le rodeó la cintura con un brazo y se rio.

—Qué la vas a conocer. Venga, sigamos por donde lo habíamos dejado.

Ella seguía mirándome.

—Pero...

Entonces Caden acercó su boca al cuello de Alyssa y le susurró algo tan bajito que no alcancé a oír mientras tiraba de ella hacia el interior del apartamento. Ella soltó unas risitas y me cerró la puerta en las narices sin volver a dedicarme una mirada.

* * *

Me encontraba en el interior del bar Ladrones con un ron cola en la mano mientras escudriñaba el lugar que estaba abarrotado. No tenía ni idea de qué buscar, pero me había quedado cerca de la barra por si veía algo sospechoso. Hasta ahora no había visto ni a un solo fae, pero sí que había conseguido el número de dos tipos que no me consideraban ni vieja ni fea.

Bebí de la copa, pero no sirvió para aliviar la quemazón que sentía en el pecho. Horas más tarde, seguía sin tener la más remota idea de lo que había visto en casa de Caden, pero fuera lo que fuese, no era nada bueno.

Y no tenía nada que ver con el estúpido dolor que sentía en el centro del pecho.

Caden me había mentido sobre los faes que había matado en el Flux, aunque había una parte de mi cerebro, la más lógica y analítica, que me decía que podría haber estado usando a Alyssa para llegar hasta Aric. Una parte muy pequeñita, eso sí, porque a estas alturas ya no podía estar segura de nada.

En lo que sí me había mentido era en que había matado a Alyssa, y ella tuvo que haberlo visto aquella noche. Entonces podía haberme mentido en muchas cosas. Como en los motivos por los que estaba buscando a Aric o en que no se había alimentado ni tenido sexo en todo este tiempo, porque parecía muy evidente que había algo entre ellos.

Me encogí. Otra vez. Y bebí. Otra vez.

Barrí el bar con la mirada y me aparté un mechón de pelo largo y oscuro del hombro. Había vuelto a casa antes de venir aquí. Me puse una peluca castaña y larga y un vestido sexi y apretado con los hombros al descubierto.

Ivy y Ren volvían al día siguiente o algo así, así que pensaba contarles todo; bueno, menos lo de haber alimentado a Caden y el brutal orgasmo que tuve, pero necesitaba decirle a alguien lo del príncipe, porque si había estado jugando conmigo y en realidad estaba con los malos... Lo llevábamos claro.

Pero eso tampoco tenía sentido, me susurraba la parte más lógica de mi cabeza. Había matado a faes. Me había salvado la vida. No podía estar compinchado con los de la corte de invierno...

Un brazo cálido y fuerte me envolvió la cintura desde atrás y me estrechó contra un torso duro y musculoso. Me tensé y me preparé para estamparle el codo en el estómago al asqueroso que se había atrevido a ponerme las manos encima.

—¿Qué haces aquí?

Al reconocer la voz de Caden, me quedé helada en el sitio. Al final no le pegué, aunque no fue por falta de ganas.

—Suéltame.

Me sujetó con más fuerza.

—No has respondido a mi pregunta, lucero.

—No me llames así —espeté mientras intentaba soltarme en vano—. Y te he dicho que me sueltes.

El suspiro que soltó me atravesó de pies a cabeza, entonces me rodeó con el otro brazo y me arrebató la copa de la mano.

—¡Oye!

La dejó en una mesa que había junto a nosotros y luego apoyó la mano sobre mi esternón, justo debajo de mis pechos, para evitar que me diese la vuelta.

—No entiendes lo que has visto en mi casa.

—Anda, ¿no me digas? —Miré a la gente que abarrotaba el local, pero enseguida me di cuenta de que nadie iba a venir en mi ayuda. Para los demás, Caden solo parecía estar abrazándome—. ¿Cómo me has encontrado?

Aplanó la mano bajo mis pechos.

—¿Me lo vas a decir o qué? —insistí.

—Es una consecuencia de haberte salvado la vida. Siempre sé dónde estás.

Se me desencajó la mandíbula.

—¿Estás de broma?

Caden no respondió y tampoco hizo falta, porque tenía sentido. Siempre aparecía justo donde estaba y ahora entendía que me dijera que sabría si regresaba a La Corte.

—Madre mía —musité—. Qué mal rollo.

Él se rio entre dientes y eso me molestó aún más.

—No me hace ni puta gracia. ¿No crees que deberías habérmelo dicho?

—Supuse que reaccionarías así.

Puse una mano en el brazo que me rodeaba la cintura.

—Suéltame.

—Explícame qué haces aquí.

—Sí, claro, ¿y qué más?

—Necesito que entiendas lo que has visto en mi casa. No esperaba que vinieras.

—Ya, eso me ha quedado muy claro.

Un ruidito muy parecido a un gruñido salió de su garganta.

—La estaba usando para conseguir información sobre Aric.

—¿No me digas? Porque, en teoría, ella estaba muerta.

—¿Qué? —Pegó su cabeza a la mía y su cálido aliento me acarició la mejilla. Me estremecí—. ¿A qué te refieres?

—¿De verdad tengo que explicártelo?

—Sí. —Movió el pulgar por encima de mis costillas y la parte inferior de uno de mis pechos.

Se me secó la garganta y mi cuerpo, el muy estúpido, reaccionó a su ligera caricia. Un dolor distinto se instaló en mi pecho.

—Estaba en el Flux. Era la esbirro de Tobias.

—No la vi cuando llegué —se apresuró a decir—. Ella ni siquiera sabe que estuve allí. En cambio, a ti ha estado a punto de reconocerte, lucero, y eso habría complicado las cosas.

—No cambies de tema. —Se me cortó la respiración cuando sentí que mis pezones se endurecían.

—No estaba allí, pero sí sabía que tenía lazos con Aric.

—¿Y se supone que debo creerte? —pregunté—. ¿En serio?

Flexionó el brazo que tenía alrededor de mi cintura y giró la cabeza muy ligeramente. Pegó la boca contra mi oído.

—¿Alguna vez te he dado motivos para desconfiar de mí?

Abrí la boca, pero enseguida la cerré. La verdad era que no. Al menos por el momento.

—La estaba usando para averiguar dónde se esconde Aric —prosiguió y, con cada palabra que pronunciaba, sus labios me rozaban la oreja—. Ha resultado ser tan útil como las heridas de bala de ayer.

—No lo sé, ¿eh? A mí me ha dado otra impresión.

—No. —Sus labios me rozaron la piel justo debajo de la oreja—. Quítatelo de la cabeza. No ha pasado absolutamente nada entre nosotros.

Seguí mirando al frente y vi cómo un chico empezaba a besar a una chica que estaba a su lado.

—Tú y yo estamos más cerca ahora de lo que hemos estado ella y yo —siguió mientras la pareja se abrazaba más fuerte—. Si te soy sincero, ella deseaba más. —Apretó el brazo alrededor de mi cintura—. Pero no lo ha conseguido.

Cerré los ojos y tomé aire, aunque a duras penas.

—Da igual.

—No, no da igual.

—A mí sí.

—No me mientas.

—No te miento. —Giré la cabeza hacia la suya. Las puntas de su pelo me hacían cosquillas en la mejilla—. Me da igual lo que hayas hecho con ella. A mí solo me importa que no estés confabulado con ella... Con ellos.

—Si así fuera, mal trabajo estaría haciendo.

—O muy bueno.

Inclinó la cabeza y sus malditos labios me acariciaron la mejilla.

—La única persona con la que me he aliado, o al menos eso intento, eres tú.

—¿La vieja y fea? —le solté sin poder evitarlo.

—No eres nada de eso. —Apoyó la frente contra mi mejilla—. Y lo sabes.

Se me formó un nudo en la garganta.

—No soy vieja.

—No. —Lo sentí sonreír contra mi mejilla—. Y tampoco eres fea. De hecho, eres todo lo contrario.

No respondí, solo cerré los ojos. Ahora mismo podía admitir mentalmente que tal vez me había precipitado al pensar que estaba siendo cómplice de los faes de invierno y que los problemas personales que tuviera con él no deberían haber interferido en absoluto.

—Esta mañana he recordado algo. Ya había leído una referencia a esos ojos tan raros que tenía Elliot. —Caden aflojó el brazo alrededor de mi cintura lo bastante como para poder soltarme y poner un espacio más que necesario entre nosotros. Me di la vuelta para quedar de cara a él y vi que iba vestido igual que como lo había visto en su casa—. En uno de los diarios de la Orden.

Su expresión pasó a estar seria y alerta.

—¿Qué has averiguado?

Me escuchó atentamente mientras lo ponía al día y le hablaba de la sustancia similar al aliento del diablo y hasta de quién sospechaba que era el dueño de este sitio.

Cuando terminé, la línea de su mandíbula se había endurecido.

—No sé qué sustancia podrían estar usando, pero eso no significa que no exista. Conozco al dueño de este sitio. No es...

—Desvió la mirada por encima de mi hombro y de pronto algo refulgió en sus ojos—. Tenemos compañía.

Caden me agarró de la mano y me acercó a él. Fui a abrir la boca, pero de repente sentí que me abrazaba contra su pecho.

—Vaya. —La voz profunda de Caden me atravesó—. ¿Qué es esto? ¿Un comité de bienvenida?

Coloqué las manos en su cintura y presté atención.

—No buscamos pelea —dijo alguien.

Caden hundió una de sus enormes manos en mi pelo y evitó que girara la cabeza.

—Me lo imaginaba.

—Neal quiere hablar contigo.

—¿No me digas? —No hubo respuesta, así que Caden añadió—: Ella se queda conmigo.

—Solo quiere hablar contigo.

—Me da exactamente igual lo que él quiera —repuso Caden—. Ella se queda conmigo.

Hubo un instante de silencio.

—Síguenos —dijeron entonces.

Caden movió el brazo para rodearme los hombros, pero siguió sujetándome la cabeza y ocultándome la cara. Pude atisbar a dos hombres grandes con camisas oscuras, pero no llegué a distinguir si eran faes o no.

Nos condujeron a la trastienda del bar por un pasillito estrecho y a través de una puerta.

—Estará contigo enseguida —dijo uno de los hombres. Luego cerraron la puerta a nuestra espalda.

Caden apartó la mano de mi cabeza y por fin pude echar un vistazo a mi alrededor. Había un reservado y varias cajas sin abrir al otro lado de la pared.

—¿Deberíamos preocuparnos? —pregunté, tocándome la pulsera de hierro.

Él se giró y examinó el reservado.

—Tú sí.

—¿Qué?

—El dueño no es exactamente amigo mío y tampoco es muy fan de los de tu clase. —Se apartó un mechón de pelo que le tapaba los ojos—. Y no me refiero a la Orden. No le gustan los humanos en general.

—Pues me parece un poco racista, qué quieres que te diga. —Miré hacia la puerta.

—Sí, bueno, ya no hay tiempo para sacarte de aquí. Como se fije en ti, sabrá que eres de la Orden.

Fruncí el ceño.

—¿Cómo lo va a saber?

—Lo sabrá, créeme.

¿Quién demonios era ese tipo?

—Vas a tener que fingir que te gusto.

—No sé si podré. —Me giré hacia él.

—¿Crees que todos los faes son tan estúpidos como los tres a los que conseguiste matar? —Me fulminó con la mirada y yo me quedé atónita—. Lo sabrán. Y este en especial.

Le resté importancia con el brazo y empecé a darme la vuelta, pero las voces al otro lado de la puerta se aproximaron.

—Mierda —musitó y, a continuación, estiró el brazo. Sin previo aviso, se metió en el reservado y me sentó directamente sobre su regazo. Y no, no era una exageración. Tenía una pierna sobre la suya y la otra flexionada sobre el almohadón del asiento. El vestido se me subió y dejó a la vista la mayor parte de mis muslos. Un movimiento en falso y se me vería todo el culo.

Ahogué un grito y planté las manos en su pecho. Me eché hacia atrás en un intento por bajarme de su regazo. Anoche habíamos estado más cerca todavía, pero esto era distinto porque, por alguna extraña y molesta razón, no dejaba de verla a ella —a Alyssa— con la mano posada en el brazo de él y él con la cabeza enterrada en su cuello.

—Basta —ordenó. Endureció el agarre alrededor de mi cintura y volvió a tirar de mí para pegarme contra su pecho. Le ardían los ojos de la furia—. Más te vale ser una actriz convincente.

Clavé los dedos en su camisa. Estábamos demasiado cerca. Mis sentidos estaban desbordados y la cabeza me daba vueltas. Cuando deslizó una mano por mi espalda sentí un escalofrío.

—Porque como esa puerta se abra y sume dos más dos sobre qué y quién eres, voy a tener que matarlo. Y entonces me enfadaré mucho, porque, al parecer, algo se cuece aquí abajo —prosiguió, curvando una mano en mi nuca para inmovilizarme la cabeza—. Así que, lucero, más te vale fingir como si se te fuera la vida en ello.

CAPÍTULO 22

Tenía la cara pegada al cuello del príncipe. No había mucho más donde elegir. Me tenía inmovilizada por la nuca para ocultarme la cara. Pasó el pulgar por los músculos tensos de mi cuello y me recordó que, a pesar de que no iba a dejar que me moviera, no quería hacerme daño.

Ya me comería la cabeza luego sobre por qué demonios había acabado allí.

—Que no te vean la cara, lucero —dijo Caden en voz baja mientras posaba la otra mano en mi muslo—. Pase lo que pase.

Antes de poder responder la puerta se abrió.

—Me llevé una sorpresa cuando me contaron... —oí a alguien decir.

De pronto se quedó callado y supuse que fue al ver a una mujer en el regazo de Caden.

Daba gracias por tener el rostro escondido en su cuello porque, a pesar del maquillaje, estaba segura de que parecería un tomate en ese momento.

Alguien carraspeó y el hombre volvió a hablar.

—Esto no me lo esperaba.

—Ya. —Caden me dio un apretón en el muslo y yo gruñí bajito—. Espero que no te importe, no quiero que se meta en líos.

—Ya veo cómo podría... meterse en líos.

Me iba a cargar al príncipe. Iba a clavarle una estaca de hierro en el pecho. O mejor aún, tendría que haber dejado que se muriese.

Oí que cerraron una puerta.

—¿Interrumpo algo?

—Para nada —respondió Caden—. Solo estaba disfrutando de un tentempié nocturno.

Pero ¿qué demonios...? Eso sobraba.

Alguien, supuse que el tal Neal, se rio en voz baja, cosa que me cabreó aún más. Subí las manos por sus hombros y hundí los dedos en su pelo. Tiré lo bastante fuerte como para que tuviera que reprimir el gesto de echar la cabeza hacia atrás.

Caden me dio una ruidosa cachetada en el trasero.

Grité.

Los dos hombres soltaron una carcajada.

Juré por lo más sagrado que me lo iba a cargar. Iba a...

Pasó la mano por la zona donde me había golpeado y apretó. Me mordí el labio y le solté el pelo. El picor... Me ardía. Tensé los músculos de los muslos y sentí una oleada de calor.

Dios... Me había gustado, y aquello eran muy malas noticias teniendo en cuenta que me habían dado una cachetada en el culo delante de otras personas.

—Pues yo no sé si querría un tentempié así —comentó Neal y puse los ojos en blanco.

Caden siguió acariciándome el trasero como si con eso pudiera aliviar la quemazón. Pues no, la estaba empeorando. Se estaba extendiendo a otros lados.

—Pues yo sí que pienso merendármela.

Y yo sí que pensaba darle un rodillazo en sus partes bajas.

—Querías hablar conmigo, ¿no? —dijo el príncipe.

—Sí. —Oí la respuesta más cerca. Sentí que se sentaba en el reservado—. Me he llevado una buena sorpresa al verte a través de las cámaras de seguridad. Hace dos años que todo pasó... y no has vuelto a venir aquí hasta ahora.

—¿Así le das la bienvenida a los recién llegados? —Caden apartó la mano de mi trasero. Bien. Genial. Bueno, o eso pensaba, porque ahora la había dejado sobre la piel desnuda de mi muslo y había introducido los dedos por debajo del dobladillo del vestido. Abrí los ojos como platos. ¿Qué estaba haciendo?

—Solo a los recién llegados como tú.

—Me siento especial —replicó Caden.

—Deberías. —Se produjo silencio durante un momento y después Neal preguntó—: ¿Qué te trae por aquí después de tanto tiempo?

Quería ver con quién estaba hablando Caden. Logré moverme un par de centímetros, pero acabó saliéndome el tiro por la culata porque lo único que conseguí fue apretarme más contra su regazo. Caden dejó la mano quieta y se tensó.

¿Estaba...?

Joder, el bulto que sentía contra la cara interna del muslo era inconfundible.

No sabía qué pensar de aquello, pero mi cuerpo... Ay, Dios, a mi cuerpo le parecía fabuloso, y eso no estaba bien, al igual que no lo estaba que me hubiese encantado el cachetazo en el culo.

—¿Sabes que han desaparecido unos cuantos jóvenes de la corte de verano? —El príncipe reanudó lentamente los movimientos del pulgar en la cara interna de mi muslo.

—Lo cierto es que no, qué pena —contestó Neal—. ¿Crees que han estado aquí?

—Puede. Anoche me topé con uno y le pasaba algo raro.

—¿Raro? —Neal parecía aburrido.

—Tenía los ojos distintos. Tan negros que ni se les veía las pupilas.

—Pues sí que es raro, sí.

—¿Verdad? —prosiguió Caden con cuidado—. Pero lo peor es que, por lo visto, hay una sustancia que arrebata a los faes la capacidad de decidir por sí mismos y que tiene, además, un efecto secundario.

—Que les cambia el color de los ojos, deduzco.

Sentí como Caden asentía.

—Interesante, pero no sé qué tiene que ver eso con mi local.

—¿Sabes qué sustancia es?

Se produjo un silencio antes de que Neal respondiese.

—Jamás he oído hablar de una sustancia que tenga ese efecto en un fae.

Mentira.

—Me gustaría hacerte una pregunta —dijo Neal—. Me he enterado de que varios de mis... socios tuvieron problemitas en el Flux el fin de semana pasado.

—Sí —respondió él y yo me tensé—. Deberías buscarte socios mejores.

Un momento. Si Neal tenía algún tipo de relación con Tobias, ¿no estaría también relacionado con Alyssa? Apreté la mano en torno al cuello de la camisa de Caden.

—Entonces, ¿eres tú el responsable de que Tobias ya no esté entre nosotros? —preguntó Neal y me sorprendió que el fae hablase tan abiertamente conmigo allí. No tenía ni idea de quién era yo.

Aunque también era cierto que, si nos basábamos en dónde estaba, seguro que no le preocupaba mi reacción. Lo más probable era que creyese que estaba hechizada.

—Sí —contestó el príncipe.

Había mentido.

Joder, había mentido para protegerme. Podría haber respondido cualquier cosa, pero había asumido la culpa. No sabía cómo gestionar eso.

Neal resopló.

—Tobias era un imbécil.

—Muy cierto. —Caden volvió a mover la mano y yo me centré en ella—. ¿Por qué iba a reunirse Tobias con Aric?

—Primera noticia que tengo.

—¿No sabías a qué había ido al Flux?

—Supuse que a tener sexo y a alimentarse, como todos.

Arrugué la nariz.

—¿No pueden hacer eso aquí? —dijo Caden.

—Mi local es de más... categoría. —Neal suspiró—. Me he enterado de otra cosa. Aric quiere poner a prueba la lealtad de los faes que vienen aquí.

—¿Su lealtad a la reina? —especificó y yo aguanté la respiración.

Neal no respondió con palabras, pero supuse que asintió.

—¿Está intentando contactar con ella?

—Eso tendrás que preguntárselo a él, pero apostaría a que sí —contestó Neal—. Quiere ser algo más que un caballero, quiere convertirse en rey.

Pero ¿qué...?

El príncipe resopló e introdujo la mano aún más bajo mi vestido, hasta llegar a la zona entre mi muslo y la pelvis, cosa que me hizo jadear. Con la otra me dio un ligero apretón en la parte baja del cuello que, extrañamente, me tranquilizó.

Y eso no tenía sentido. Así que tenía que deberse a él. A su olor... Olía de maravilla y me confundía. Era un aroma especiado y fresco que nunca desaparecía. La piel de su garganta se encontraba a escasos centímetros de mis labios. Si abriese la boca, hasta podría saborearlo.

No debería estar pensando en esas cosas, sino prestando atención a la conversación. Prioridades y esas cosas. Me estaba provocando y, después de lo que había visto en su piso y lo que había hecho por él, eso me cabreó.

Había dicho que fingiese, ¿no? Pues a la mierda. A este juego podían jugar dos. Se pensaba que tenía ventaja, pero estaba a punto de comprobar que nada más lejos.

—¿Sabes dónde puede estar...? —El príncipe se quedó callado de repente cuando empecé a lamer su piel. Intensificó el agarre en mi cuello, por lo que sonreí. Carraspeó—. ¿Sabes dónde puede estar Aric?

—No —respondió Neal con diversión—. Ya sabes que le encanta mantenerse en las sombras.

—Por desgracia sí. —La voz del príncipe sonó más ronca, más profunda. A continuación, hice algo que jamás pensé que haría. Lamí el lateral de su cuello y, cuando noté que inspiraba bruscamente, le mordisqueé la oreja. Frotó su pecho contra el mío y me entraron ganas de reír—. Me gustaría saber una cosa —dijo al tiempo que introducía la mano más entre mis muslos. Mi risa se esfumó de golpe. Qué rápido había perdido la ventaja, joder—. ¿Sigues siéndole leal a la reina?

La pregunta tendría que haber activado todas las alarmas del mundo, sobre todo porque estaba convencida de que Rica era un anagrama de Aric, pero solo podía pensar en la mano entre mis piernas y en que sus dedos estaban a punto de rozarme *ahí*.

—Nunca le he sido leal a la reina —repuso Neal—. No le soy leal a Aric... ni a ti.

—Nunca te he pedido que lo seas.

Un instante después me tocó y deslizó el dedo por el centro de las bragas de seda.

Aguanté la respiración.

—Puede que no, pero no me digas que no te gustaría. Eres el...

—Ya sabes lo que soy. —Su dedo jugueteó con el borde de mis bragas y rozó mi piel sensible. Me sobrevino el calor. No... no recordaba desde hacía cuánto que no me tocaban así—. Eso no cambia el hecho de que jamás te he pedido que me seas leal, ni lo espero.

—Qué interesante —murmuró Neal—. ¿Ese adorable tentempié puede contigo y conmigo a la vez?

Un momento.

Me tensé, aún sin respirar. No tenía ni idea de qué iba a decirle el príncipe. ¿Y si respondía que sí? Como lo hiciese, la cosa iba a ponerse movidita.

—No comparto —gruñó el príncipe.

—Pues qué pena —dijo Neal arrastrando las palabras.

Una parte de mí se relajó, aquella que no estaba distraída con los dedos de Caden. Respiraba de forma pesada y me aferré a sus hombros a la vez que me embargaba el calor. Hacía dos años jamás hubiese imaginado que permitiría algo así, ni que fuera a disfrutarlo.

Pero así era.

No tenía sentido mentir.

—Debo confesar que me cuesta mantener el hilo de la conversación —añadió Neal con la voz más grave—. Y aunque por desgracia la mujer sea humana, resulta toda una distracción.

—Ya somos dos —respondió el príncipe con ironía. Me preguntaba si sería capaz de notar la humedad de mi ropa interior. Seguro que sí. Y eso significaba que no me quedaba más remedio que matarlo—. Tengo una pregunta más.

—Que sea rápida.

Me mordí el labio cuando sus dedos volvieron a tocar mis bragas, pero esta vez con más presión, con un objetivo claro en mente. Movió la mano de mi cuello al trasero.

—¿Aric y tú sois socios? —preguntó el príncipe.

No pude evitar reaccionar cuando pasó el pulgar sobre mi clítoris; sacudí las caderas.

—Si lo fuera, sabría dónde está, ¿no? Te acabo de decir que ni lo sé ni le soy leal.

—Cierto. —El príncipe ladeó la cabeza y pegó la boca a mi hombro. Ese beso... no lo sé, me dejó loca. Me sorprendió y me confundió a la vez. Reavivó el calor y el deseo que había empezado a sentir.

—Espero que no estés insinuando lo que creo. —Se quedó callado un instante—. ¿Crees que te miento?

—Simplemente insinúo que Aric está involucrado en el caso de los muchachos desaparecidos porque sé que ellos no se habrían marchado voluntariamente. —Movió el dedo mientras hablaba y lo dejó sobre el punto más sensible antes de deslizarlo por la mismísima hendidura. Me estaba volviendo loca. Presionó de forma ligera contra mis bragas y yo, con tal de contener el gemido, me mordí el labio hasta sangrar. Sin embargo, él fue capaz de oírlo. Lo supe porque me dio un apretón con la otra mano—. No cuando tantos de sus familiares murieron en la batalla contra la reina.

—¿Cuántos han desaparecido?

—Por ahora cuatro. —Volvió a posar la boca en mi hombro y usó la mano que tenía en mi trasero para pegarme más contra él, contra su erección.

Estábamos fingiendo. No era real. Cedí y me mecí contra él con absoluta parsimonia. Creí que me moriría de la vergüenza, pero solo sentí deseo, anhelo.

Mis manos cobraron vida propia y también exploraron su torso y abdomen. La conversación a mi alrededor quedó relegada a un segundo plano, solo oía el ruido de la sangre al correr por mis venas. Movía las caderas en círculo mientras él presionaba los dedos contra mí y me hacía desear que no hubiera barreras entre su cuerpo y el mío.

Qué puta locura.

Iba a evitar pensar en lo que estaba haciendo, que era básicamente frotarme contra su mano mientras él hablaba con el fae. Estaba ruborizada, acalorada, ansiosa. Era incapaz de pensar. Respiraba de forma agitada. Lo que sentía era distinto a lo de anoche. Era real, pero también...

«Fingido».

Necesitaba que Neal se marchase para dejar de fingir, pero al mismo tiempo no porque estaba a punto de alcanzar el éxtasis. Entonces en ese momento juraría que oí la puerta.

—Te avisaré si me entero de algo sobre los chicos.

Cuando volví a centrarme en la conversación, la voz de Neal parecía más lejana.

—Eso espero. —Giró el pulgar y no pude evitar gemir. Él levantó las caderas como respuesta—. ¿Neal?

—¿Qué?

—Como me entere de que has tenido algo que ver con la desaparición de los chicos o de que eres cómplice de Aric, te haré pedazos.

—Entendido. —Se quedó un instante en silencio—. Usa la sala el tiempo que necesites.

La puerta se cerró. Temblorosa, volví a aguantar la respiración. Caden detuvo los movimientos, pero no apartó la mano. Yo tampoco levanté la cabeza, ni me aparté de él de un salto. Ambos estábamos... a la espera. El corazón me iba a mil por hora.

—¿Quieres que siga? —me preguntó con la voz ronca y grave.

«Sí».

Quería que me hiciese llegar al orgasmo.

Pero... ¿qué demonios estaba haciendo? Neal ya se había ido y no había por qué continuar. No tenía excusas salvo la de querer alcanzar el éxtasis con él... con el príncipe.

No, con el príncipe no. Con *Caden*.

Pasó el brazo por mis hombros al tiempo que se separaba. Movió los labios contra mi mejilla y yo bajé la cabeza.

—No hace falta que digas nada, lucero. ¿Lo entiendes?

Me tensé tanto que fue un milagro que no me fracturase un hueso. Asentí, temblorosa.

Caden soltó un ruidito que, lejos de haberme asustado, me acaloró. Su dedo se internó bajo la fina seda y acarició mi humedad. Me sacudí contra él. Había pasado muchísimo tiempo desde la última vez que alguien me había tocado así. Años, en realidad, y sabía que ambos ya habíamos dejado de fingir.

Abrí las piernas para facilitarle el acceso y él aprovechó el gesto y me introdujo los dedos. Grité y eché la cabeza mientras me abandonaba a sus caricias, a él. Empecé a mecer las caderas de nuevo y a frotarme contra su mano. El calor resurgió, opacando todo lo demás. Se incrementó hasta que temí que me fuera a consumir.

Entonces, hizo algo con un dedo; lo curvó y encontró justo *ese* punto. La tensión se arremolinó antes de explotar. Alcancé el orgasmo mientras me mecía contra él y dejaba caer la frente hasta pegarla con la suya.

No sé lo que tardé en volver en mí. Una vez recuperé la compostura, lo sentí duro y palpitante debajo de mí.

Me envalentoné. Tal vez se debiera a la pasión del momento, pero me levanté un poco y llevé una mano al botón de sus vaqueros.

—Oye —dijo con voz suave y ronca a la vez que me sujetaba la muñeca—. No hace falta. Lo he hecho sin esperar nada a cambio.

—Lo sé —respondí, aún con la frente pegada a la suya—. Pero quiero hacerlo.

Él soltó un gruñido.

—Tu boca o tu mano no me satisfarían. Quiero estar dentro de ti, pero este no es el sitio ni el momento para eso. Y menos con ese aspecto. Quiero que seas tú.

Inspiré de golpe y me estremecí. El único que siempre había preferido a mi yo real era Caden.

—Salgamos de aquí, ¿vale? —dijo agarrándome de la nuca.

No sabía qué pensar sobre que quisiera parar, pero asentí.

—Vale.

Sentí que me apartaba y después me daba un beso en la sien. No sé por qué, pero aquello me estrujó el corazón como un exprimidor. Fue un gesto muy dulce e íntimo... Lo fue *todo*.

Caden me ayudó a ponerme de pie. Me tambaleé un poco antes de cerciorarme de que la peluca siguiera en su sitio. Después, él se levantó y me ofreció la mano. La acepté y entrelacé nuestros dedos. Ambos nos giramos...

La puerta se abrió de repente. En el umbral apareció aquella maldita fae, Alyssa, aunque no había venido sola. Tras ella había tres antiguos.

—Es ella —dijo con los labios curvados—. Sabía que me sonaba de algún lado. Esa es la puta del Flux, la que entró en la sala con Tobias.

CAPÍTULO 23

—Mierda —musité.

—Tiene que ser una broma. —Alyssa nos miró con desdén mientras uno de los antiguos empujaba a otro moreno hacia el interior de la habitación—. ¿También estás trabajando con ellos, Neal?

Fue en ese momento cuando me di cuenta de que Neal era un antiguo. No pareció muy preocupado mientras se giraba hacia Alyssa y los otros dos antiguos, pero yo sí que lo estaba.

Esos dos antiguos, calvos como bolas de billar, nos estaban mirando a Caden y a mí como si quisieran arrancarnos las extremidades una a una. Yo no perdí de vista a Neal, del que me fiaba entre poco y nada porque seguía viendo su nombre con el distintivo de copropietario.

—No sé de qué mierda estás hablando y no me hace ni puta gracia que me empujen. —Neal enarcó una ceja—. Y en mi propio bar, nada menos.

Alyssa, que llevaba el mismo vestido negro de antes, cruzó sus brazos delgados.

—¿Tengo cara de que me importe?

—Debería —respondió Neal, recolocándose los gemelos del traje de vestir.

La fae sonrió a la vez que desviaba la mirada de Neal a Caden y luego finalmente a mí.

—¿Crees que no sé por qué andabas preguntando por Aric? —le dijo a Caden—. Eres el príncipe de verano. ¿No pensarías que iba a fiarme de ti?

—Pero ¿de Aric sí? —Caden seguía agarrándome de la mano—. Eres consciente de que era uno de mis caballeros antes de que me traicionara, ¿verdad? No es precisamente alguien en quien debas confiar.

—Siendo el «era» la palabra clave —dijo otra voz desde el pasillo.

—Joder —murmuró Neal.

Caden me soltó la mano.

Los dos antiguos se apartaron y otro más apareció. Se detuvo detrás de Alyssa y...

Mierda. Fue como si se me parara el corazón, porque lo *reconocí*. Nunca olvidaría esos pómulos altos y angulosos o ese pelo corto y castaño claro. Nunca olvidaría esa boca y la cicatriz que cortaba el lado derecho de su labio superior.

—Es él —susurré con el estómago revuelto. No me lo podía creer. El antiguo que Caden estaba buscando era el mismo que asesinó a mi madre y que casi me mató a mí. Sentí la mirada de Caden fija en mí—. Es *él*.

El antiguo desvió sus ojos claros hacia mí mientras posaba las manos sobre los hombros de Alyssa. Ladeó la cabeza.

—Te recuerdo. —Se rio—. Pero la última vez que te vi estabas distinta. No solo el pelo y el vestido. También tenías menos sangre.

Reacciené sin pensar. Accioné la pulsera de hierro y me lancé hacia delante con un grito de rabia.

Caden me sujetó por la cintura y tiró de mí hacia atrás.

—No cometas una estupidez.

—¡Suéltame! —grité, clavándole los dedos en el brazo—. Mató a mi madre. Él...

—Te entiendo —me susurró—. De verdad, pero Aric no es tuyo.

Me importaba una mierda lo que Caden dijese o cómo se sintiera. Aric era mío.

—Lo sabe. —Neal se cruzó de brazos—. Lo de la droga y los jóvenes.

Alyssa frunció el ceño y a mí se me cayó el alma a los pies.

—Serás hijo de puta —gruñó Caden, manteniéndome pegada a él—. Acabas de mentirme en la cara.

Neal se encogió de hombros.

—Ya te he dicho que no te era leal.

—Has dicho lo mismo de él —espeté.

—¿Estabas escuchando? —Neal se rio entre dientes y me miró de arriba abajo—. Y yo que pensaba que estabas... distraída con la mano que tenías bajo la falda.

—Cállate —ordené.

—Interesante. —Aric nos miró a ambos—. Muy interesante, sí, verte con ella. Una miembro de la Orden. No puedo decir que me sorprenda. ¿Sabes que he saboreado su sangre solo por el placer de hacerlo? Es como si la historia se repitiera, ¿no te parece? Me hace pensar en aquel pajarillo tuyo.

«¿Pajarillo?».

Un rugido salió de la garganta de Caden. Me apartó a un lado y luego tras su espalda antes de abalanzarse hacia delante.

—No la matéis todavía. Puede ser muy útil. —Aric dio un empujón a Alyssa y luego retrocedió mientras los dos antiguos calvos se lanzaban a por Caden.

Agarró al primero por el cuello y lo levantó varios centímetros del suelo antes de estamparlo contra él. El impacto hizo que las cajas resonaran. Luego alzó la vista y fulminó a Aric con la mirada.

Alyssa avanzó mientras el otro antiguo agarraba a Caden por la cintura. Ambos salieron despedidos hacia atrás, hacia el reservado. Aterrizaron sobre la mesa, que acabó destrozada bajo su peso.

—Ha dicho que no puedo matarte —dijo Alyssa y desvié la mirada de golpe hacia ella—. Pero no ha dicho que no pueda torturarte un poquito.

Cargó contra mí, pero yo estaba preparada. No pensaba dejar que nada se interpusiera entre Aric y yo. Si pudiera cargármelo, ni siquiera me haría falta encontrar al último. Con él tendría suficiente.

Alyssa maldijo.

—Vaya, eres más rápida de lo que pensaba.

—Sí. —Aparecí a su espalda—. Lo soy.

Se dio la vuelta con el brazo extendido y me golpeó en la mejilla, lo que hizo que saliese disparada hacia atrás. El dolor me atravesó la mandíbula, pero me recuperé justo cuando ella volvía a abalanzarse sobre mí. Saqué la mano derecha y le clavé la estaca de hierro en mitad de la garganta. La sangre roja y azulada apareció de pronto en el aire.

La sorpresa transformó su rostro y yo sonreí.

—Menos mal que nadie me ha dicho que yo no pueda matarte a ti.

Moví el brazo con fuerza hacia un lado y fracturé hueso y carne. Su cabeza cayó hacia un lateral y el cuerpo hacia el otro.

El antiguo que se había lanzado hacia Caden salió volando por la habitación y aterrizó contra el montón de cajas, que se desmoronaron sobre el suelo. Las botellas tintinearon y se rompieron. El líquido se derramó mientras el antiguo se colocaba de rodillas entre el cristal roto y el whisky desparramado.

Neal suspiró.

—¿Sabes lo que cuestan esas botellas?

A su lado, Aric me lanzó una sonrisita engreída a la vez que levantaba una mano y sacudía los dedos.

Sentí una mano en el hombro. Fui a asestar un puñetazo, pero no golpeé más que aire cuando Caden me apartó y me colocó a su espalda. Volvió a arremeter contra el antiguo.

Joder.

Apreté el puño, pero, antes de poder hacer nada, percibí movimiento por el rabillo del ojo. El otro antiguo se había puesto de pie y en un abrir y cerrar de ojos había aparecido frente a mí.

Pegué un salto hacia atrás, pero con él no fui lo bastante rápida. Me agarró del vestido y me levantó por los aires. Fui a extender el brazo derecho, pero también me lo inmovilizó.

—Mierda —susurré.

Y entonces salí volando.

Esto iba a doler.

Pero al final no me estampé contra la pared. Caden apareció de pronto entre mi cuerpo y lo que habrían sido un montón de huesos rotos. Aun así, el impacto me dejó sin respiración y el dolor se extendió por un costado mientras me dejaba en el suelo. Nuestras miradas se cruzaron.

—Lo siento —susurró. Y se apartó antes de que tuviera la oportunidad de averiguar por qué se estaba disculpando.

Caden se giró y extendió los brazos a los lados. Los dos antiguos se habían interpuesto entre él y Neal y Aric. ¿Qué demonios estaba haciendo? Traté de incorporarme en el suelo y percibí el fuerte olor a fuego y humo. Un aura entre naranja y amarilla apareció en torno a Caden y envolvió toda su figura.

Un potente chorro de calor sopló hacia atrás y me apartó unos cuantos mechones de la cara.

—¿Qué mier...?

El brillo se intensificó hasta que me lagrimearon los ojos, pero no pude apartar la mirada. Una llama prendió de la mano de Caden, ondeando en el aire y soltando chispas mientras el fuego tomaba la forma de una...

Una espada.

Una puta espada *en llamas*.

Con la elegancia de una bailarina, giró con la espada y un destello de luz se propagó por la estancia al dibujar un arco en el aire con ella. Vi a Neal de refilón. Abrió mucho los ojos y trastabilló hacia atrás hasta pegarse a la pared. Dijo algo en su idioma nativo.

—Vaya —exclamó Aric—. Esto cambia las cosas.

Entonces la luz y el calor empezaron a ser insoportables. Me cubrí los ojos con un brazo y retrocedí hasta el reservado destrozado. Solo cuando el calor remitió, lo bajé y abrí los ojos.

Los dos antiguos estaban muertos, decapitados, y Caden y yo nos habíamos quedado solos. Aric y Neal habían desaparecido.

La espada también.

Despacio, Caden se giró hacia mí y aquellos ojos suyos —del mismo color ámbar que el fuego— refulgieron. Lo miré. No tenía ni idea de lo que acababa de presenciar, pero sabía que era algo grande.

—¿Estás bien? —preguntó.

—Sí. —Seguía sentada en el suelo con un brazo inmóvil en el aire—. ¿Y tú?

Caden asintió, pero al ver que apartaba la mirada y le palpitaba un músculo en la mandíbula, supe que me estaba mintiendo.

CAPÍTULO 24

—No confiaba en Neal, pero no lo creía tan imbécil como para aliarse con Aric.

Me contuve y no dije que el nombre «Rica» me pareció super-sospechoso desde que lo vi. Caminamos deprisa por la calle Decatur.

Aún de la mano de Caden, rodeamos a los grupos de personas que paseaban por allí. Esperaba haber visto a la gente salir espantada del local cuando nos marchamos del bar Ladrones, porque la pelea no había sido muy discreta que dijéramos, pero mientras salíamos por la puerta trasera agudicé el oído y presté atención a las conversaciones en el interior del lugar. Nadie parecía tener ni idea de que se había desatado una pelea de vida o muerte con una maldita espada en llamas.

Caden se detuvo de repente junto a un todoterreno negro y elegante aparcado a una calle de distancia. Abrió la puerta del copiloto.

—Sube.

Eché un vistazo al vehículo antes de mirarlo a él.

—Tienes coche.

Él enarcó una ceja.

—¿Tanto te sorprende?

—No tanto como la espada en llamas —murmuré.

Me lanzó una mirada insulsa y yo me subí y me puse el cinturón. Lo vi dirigirse deprisa a la puerta del conductor y en cuestión de segundos ya estaba tras el volante. Me miró de soslayo mientras encendía el motor. En cuanto cruzamos las miradas me paré a pensar en todo lo que acababa de pasar.

A quién acababa de ver.

—Es él —susurré a la vez que el motor rugía—. El antiguo que nos atacó a mi madre y a mí es Aric.

Caden estiró el brazo, me acunó la mejilla y permaneció en silencio mientras me acariciaba la mandíbula con el pulgar.

—No me lo puedo creer. —Sentí un nudo en el pecho—. Es él.

—De verdad que lo siento —dijo en voz baja—. Sé que quieres vengarte, pero tienes que alejarte de él. Y no lo digo porque dude de tus capacidades o de tu determinación, sino porque es peligroso, letal. Tenemos más o menos la misma edad, Brighton, y estoy seguro de que él no habrá pasado ni un solo día sin alimentarse.

A la vez que asimilaba sus palabras, me vino algo terrible a la mente.

Me aparté.

—¿Sabías... sabías que había sido él?

—No. —Desvió la mirada y echó un vistazo al espejo retrovisor a la vez que daba marcha atrás—. Aunque no me sorprende. Es despiadado, cruel. Pero no lo sabía.

No estaba segura de si debía creerle. Me costaba asimilarlo. Ni siquiera sabía cómo asimilar el hecho de haberme enfrentado al mismo antiguo que no había dejado de reírse mientras le había rajado el cuello a mi madre y se había ensañado con mi piel.

—Vamos a tener que contárselo a la Orden. —Se apartó del bordillo—. Aric está detrás de la desaparición de los jóvenes y de la droga esa, así toda ayuda es poca.

Sabía lo que quería decir con eso. Desvié la mirada hacia la ventanilla.

—No sé si Miles me escuchará. No les parezco muy... útil.

Caden se quedó callado durante un instante.

—¿Y a Ivy?

—La escucharían. La llamaré esta noche.

—Y también tenemos que hablar con Tanner.

—¿Ahora?

Caden tenía el volante fuertemente agarrado y la atención fija en la estrecha calle abarrotada de coches y peatones.

—Ahora. Llama a Tink, lo recogeremos de camino.

Eché un vistazo a mi ropa y saqué el móvil del bolso.

—¿Puedo cambiarme?

—Tenemos tiempo, sí.

Llamar a Tink y no responder a los cientos de preguntas que tenía era prácticamente tarea imposible, pero lo logré. Después, colgué y llamé a Ivy, que descolgó al segundo tono.

—Hola, Bri, ¿qué pasa?

—Muchas cosas. —Le resumí lo que acababa de pasar—. Vamos de camino al Hotel Faes Buenos para hablar con Tanner y Faye.

—Nosotros estamos a un par de minutos, en las afueras de la ciudad —me informó—. Llegaremos poco después que vosotros. —Hizo una pausa—. Espero que luego podamos hablar.

—¿Sobre qué?

—¿Con que esas tenemos, Bri? —resopló—. Quiero que me cuentes qué es eso que te traes con el príncipe.

—Eh... —Miré a Caden, pero él no parecía estar escuchando—. ¿Vale?

—Bien, nos vemos dentro de poco.

Guardé el móvil en el bolso. No sabía qué decirle a Ivy; ni siquiera yo misma sabía lo que estaba haciendo... Bueno, lo que estábamos haciendo.

—¿Va todo bien?

Asentí.

—Sí, Ivy y Ren están llegando a la ciudad y van para allá. Supongo que tu hermano estará con ellos.

—Perfecto.

Tras eso Caden permaneció callado. Aunque había muchísimas cosas de las que quería hablar, o más bien de *todo,* ahora no parecía ser el mejor momento. Lo curioso era que Caden no parecía necesitar que le diera la dirección de mi casa.

—¿Cómo sabes dónde vivo? —le pregunté al tiempo que aparcaba junto a mi casa.

Él me observó durante un buen rato y apagó el motor.

—Vale —suspiré y abrí la puerta—. Creo que es mejor que no lo sepa.

Salí del todoterreno, crucé el paso de peatones y abrí la verja. Fue dar un paso y ver a Caden de repente frente a mí. Maldije en voz baja y sacudí la cabeza.

—Como sigas haciendo eso, me va a dar un infarto.

Caden no respondió. Me acunó el rostro y se inclinó hacia mí a la vez que me echaba la cabeza hacia atrás. Lo miré.

—¿Va... va todo bien?

En lugar de responderme, acercó su boca a la mía y apenas dejó medio centímetro de distancia. ¿Iba a besarme? Se me cortó la respiración. Su frente rozó la mía y después hizo lo mismo con sus labios.

El beso...

No fue suave ni dulce; no como el típico primer beso, no. Fue intenso, potente. Me consumió. Abrí los labios y su lengua acarició la mía. El mundo desapareció. Cuando por fin despegó su boca sentí que se me hinchaba el pecho, como si acabase de dar mi primera bocanada de aire de verdad.

Caden me había besado como si fuese nuestro primer y último beso.

Apartó los dedos de mis mejillas y se hizo a un lado. Una vez me centré, vi que la puerta de la entrada estaba abierta. Tink se encontraba en el umbral, el Tink de tamaño normal. Siempre que lo veía con esa altura y sin alas, alucinaba. Era casi tan alto como Caden.

—Entremos. —Caden posó una mano en la parte baja de mi espalda.

Estaba tan embobada que asentí y avancé. Cuanto más me acercaba a casa, más cuenta me daba de lo mucho que había abierto los ojos Tink. Esperaba que dijese algo divertido, que me llamase «pillina» o que mencionase que me estaba dando el lote con Caden en el jardín, pero permaneció callado. Contemplaba a Caden como si nunca lo hubiese visto antes.

Tink volvió a entrar en el recibidor mientras nosotros subíamos las escaleras. No dijo nada hasta que entramos y cerramos la puerta. Parecía a punto del desmayo.

—¿Hace falta que... me incline?

Fruncí el ceño y Caden negó con la cabeza.

—No.

No tenía ni idea de qué estaba pasando.

—Voy a cambiarme, no tardo. Ponte cómodo —dije.

Caden asintió. Al ver que Tink empezaba a seguirme, lo detuve.

—¿Podemos hablar un momento?

Supuse que querría preguntarme sobre lo que había pasado, así que subí las escaleras a toda prisa y a punto estuve de palmarla al tropezarme con Dixon, que se había despatarrado en el último escalón.

—Joder, ¿en serio?

Dixon levantó su cabecita peluda y lanzó un maullido alto al tiempo que estiraba las patas con pereza. Puse los ojos en blanco, pasé por encima del gato y entré rápidamente en mi cuarto lista para desmaquillarme en tiempo récord. Sin embargo, en cuanto entré, me detuve de golpe. Levanté una mano y me la llevé a los labios. Los sentía hinchados.

Estaba sintiendo cosas muy locas. Tal vez se debiera a los acontecimientos de esta última semana. Me sentía..., Dios, no tenía ni idea.

En lugar de centrarme en Aric y en lo que había hecho, solo podía pensar en si era posible enamorarse después de un solo beso.

CAPÍTULO 25

Cuando volví abajo, vestida con los *leggins* y el jersey largo de antes y sin maquillaje, solo vi a Tink esperándome. Se me hacía raro verlo en tamaño normal. Cuando Tink era pequeñito, o como le gustaba denominarlo a él «de tamaño divertido», era adorable, pero ¿a tamaño real? Era imposible no darse cuenta de lo atractivo que era y eso me dejaba una sensación rara en el cuerpo.

Fruncí el ceño y eché un vistazo al recibidor.

—¿Dónde está Caden?

—Se ha adelantado. Dice que te verá en el despacho de Tanner —me informó con una voz mucho más grave de lo que estaba acostumbrada—. Ha dejado su coche aquí para que podamos ir para allá.

—Ah. —Qué raro—. ¿Te ha puesto al día de todo?

—De la mayoría. —Tink dio un paso hacia mí—. Te ha... besado.

El calor inundó mis mejillas al momento.

—Sí.

—Y no te ha besado de cualquier manera, Light Bright. Parecía estar comiéndote toda la boca.

Sí, a mí también me lo había parecido.

—Brighton... —Tink se calló y sacudió la cabeza despacio.

Se me instaló una sensación extraña en el estómago.

—¿Qué?

—Nada. Vámonos.

Debíamos ponernos en marcha, sí. Tink me tendió las llaves del todoterreno de Caden y yo las tomé. Aquella sensación extraña aumentó cuando Tink permaneció sorprendentemente callado mientras se acomodaba en el interior. Ya fuese grande o pequeño, siempre tenía algo que decir.

Habían pasado dos años desde la última vez que había estado conmigo de este tamaño.

Cuando llegamos al Hotel Faes Buenos, Tink se encaminó a la cafetería mientras yo marchaba al despacho de Tanner a esperar a Caden. No tenía ni idea de cómo se mantenía en forma ese duende si cuando no estaba hablando, estaba comiendo.

Debía de ser su metabolismo.

Respiré como pude y empecé a pasear por el despacho de Tanner, demasiado nerviosa como para sentarme. Vale, no estaba nerviosa, estaba...

Sentía mil cosas distintas. Incredulidad. Ira. Sorpresa y, además de todo eso, anticipación.

Anticipación por volver a ver a Caden.

Puse los ojos en blanco y me acerqué a la ventana ignorando la leve punzada que sentí en el costado. Era un cosquilleo que me hacía sentir *como mínimo* una década más joven. ¿Así era el amo...?

—Para el carro —me dije y luego me reí, porque tratar de ignorar lo que ya había pensado era una estupidez.

Me pasé las manos por el pelo, que notaba raro contra mi cuello. Estaba acostumbrada a llevarlo recogido, pero Caden había dicho que...

Que le gustaba cuando lo llevaba suelto.

En realidad, él había usado palabras más elocuentes. ¿Qué era lo que había dicho? Que mi pelo era como...

La puerta se abrió en ese momento y yo me volví hacia ella.

Caden entró y la cerró. Cuando me miró como si supiera exactamente dónde estaba, me perdí un poco en..., bueno, en sus ojos.

Dios, estaba jodida.

Él también se había cambiado. Se había puesto una camisa de vestir blanca que llevaba remetida por dentro de unos pantalones negros de vestir a medida. Lo cierto era que tenía todo el aspecto de un príncipe; uno muy apetecible.

Y me había besado..., me había besado de verdad.

Menuda locura.

Una locura total.

Me mordí el labio inferior e intenté contener la sonrisilla que estaba pugnando por salir para no parecer una demente. Perdí la batalla cuando me encaminé hacia él con la intención de abrazarlo; vale, también quería besarlo otra vez. Y podía hacerlo, ¿verdad? Él me había besado antes. O, bueno, había hecho incluso más que eso y...

—¿Tienes un momento? —preguntó, y mi sonrisa desapareció poco a poco a la vez que me detenía de golpe. Había algo que no me cuadraba en el modo en que lo había dicho. Su voz parecía... vacía. Fría incluso. Y su expresión era absolutamente indescifrable.

La misma sensación extraña del coche resurgió y tragué saliva.

—Sí, tenemos un par de minutos.

Me observó atentamente antes de desviar la mirada hacia la ventana.

—Solo quería... asegurarme de que no había ningún malentendido entre nosotros.

—¿Un malentendido sobre qué? —La sensación extraña dio paso a un pitido en los oídos, lo cual enrareció todavía más el ambiente.

—Sobre nosotros.

Fui a sentarme, pero me di cuenta de que no podía moverme.

—¿Sobre nosotros? —repetí, entumecida.

Asintió sin mirarme todavía.

—Sé que hemos compartido... intimidades, mayormente en circunstancias extremas, y también compartimos esta atracción.

Era incapaz de moverme. Lo único que pude hacer fue quedarme allí plantada mientras sentía cómo un puño imaginario me atravesaba el pecho y me estrujaba el corazón. Así supe qué iba a decir a continuación. Mi corazón ya lo sabía.

—Creo que eres muy valiente, a veces incluso de más —prosiguió, y una terrible quemazón empezó a ascender por mi garganta—. Eres inteligente y amable y tu belleza rivaliza con la del sol.

Tomé aire de forma entrecortada. Todo eso sonaba... sonaba maravilloso y precioso, como algo que llevaba toda la vida esperando oír, pero...

Sabía por dónde iban los tiros.

—No sigas —susurré a duras penas. La voz apenas me salía—. No tienes por qué hacer esto.

—Sí —dijo, y yo cerré los ojos para contener aquella picazón repentina e indeseada—. Eres un tesoro, Brighton.

—Vaya. —Solté una risotada ronca—. ¿Soy un tesoro?

—Sí. —Su voz se suavizó.

Abrí los ojos, aunque me arrepentí enseguida de haberlo hecho. Odiaba cómo su expresión ya no era para nada indescifrable. Estaba tenso y serio, y su mirada parecía dividida.

Apreté los labios y me pasé una mano por el pelo a la vez que el aire parecía abandonar por completo mis pulmones.

—No quiero que estemos incómodos —dijo y yo solté otra risotada.

Me giré de nuevo hacia él.

—¿Y por qué íbamos a estar incómodos, *Caden*?

Se encogió al oír su nombre.

—Porque lo que teníamos, fuera lo que fuese, no era real. Era un engaño que... se nos ha ido de las manos.

Ahí estaba.

Ya no se andaba por las ramas. Pero, aun así, no lo entendía. Sabía lo que estaba diciendo, pero no tenía ningún sentido.

—Me dijiste que era real. —Conseguí mantener la voz neutral—. Incluso me regañaste cuando mentí sobre cómo me sentía. Dijiste que me deseabas. Acabas de besarme. Dijiste que...

—La parte física era real. ¿Cómo no iba a serlo? Eres preciosa y yo soy...

—Y tú eres un hombre. ¿En serio vas a soltarme eso? —Abrí mucho los ojos—. ¿Así es como lo vas a justificar? ¿Que solo era atracción física y nada más?

—No estoy justificando nada. Solo digo las cosas como son. —Caden dejó de mirarme y se pasó una mano por la cabeza—. Como tienen que ser. Tú eres humana y yo soy...

—Ya sé lo que eres. —Mi corazón empezó a latir desbocado mientras me abrazaba el abdomen—. Siempre lo he sabido.

—Entonces no debería sorprenderte —dijo.

—Pues sí, me sorprende. Me has besado hace...

—Ya sé que te he besado y eso ha sido... ha sido *un error*.

—¿Un error? —susurré.

—Las cosas han cambiado. —Había endurecido la voz—. No quiero que haya incomodidad entre nosotros. Tenemos que trabajar juntos, así que supéralo. Yo ya lo he hecho.

Trastabillé hacia atrás. El agujero que sentía en el pecho me resquebrajó el corazón. Sabía que no debería importar. Acababa de reconocer que albergaba sentimientos por él —a pesar de no tener ni idea de lo profundos que eran—, pero eso no quitaba que se me estuviera abriendo un agujero en el pecho.

Era indiscutible que lo decía completamente en serio. Lo notaba en su voz. Lo veía en su cara. No tenía ni idea de cómo había podido malinterpretar tanto las cosas con él. ¿Cómo había podido ser tan estúpida como para creer que había algo más entre nosotros?

La humillación me arrolló de pies a cabeza. Me caló los huesos y se me extendió por la piel como una enfermedad, ruborizándola.

Caden... No, ya no era Caden para mí. Solo era el príncipe. Y debió de percibir el amargo remolino de emociones que me asoló porque dio un paso hacia mí.

—Brighton...

—Lo entiendo. —Lo corté y di un paso a un lado—. Mensaje recibido.

—Lo sien...

—No, no te disculpes. Eso sería... —Cuando su rostro empezó a emborronarse, supe que tenía que salir de allí. No pensaba venirme abajo delante de él. No iba a llorar por lo que, al parecer, no era nada—. Me dijiste que... no me harías daño. Me mentiste.

Él retrocedió como si lo hubiese abofeteado.

—Tengo que irme —dije.

Y lo hice.

Ivy y Ren ya debían de estar aquí, esperándome en el vestíbulo del hotel, y yo... yo necesitaba salir de aquel despacho cuanto antes.

Decidida a poner tierra de por medio, esquivé los sillones y me dirigí a la puerta. Lo logré y salí al pasillo vacío sabiendo que el príncipe podría haberme detenido en cualquier momento.

Pero no lo hizo.

Había elegido no hacerlo.

Ser consciente de aquello me partió aún más el corazón, así que caminé hasta el área común, centrada solo en respirar pese al nudo tan grande que tenía en la garganta.

Me temblaban las manos, así que las mantuve cerradas en puños mientras aceleraba el paso y llegaba al vestíbulo. Había faes por todos lados con los ojos muy abiertos y una sensación de emoción contenida en el ambiente.

Examiné los rostros desconocidos, pero no tenía ni idea de lo que estaba pasando. Al fondo distinguí una melena pelirroja. *Ivy*. Ren y ella habían llegado, lo cual significaba que probablemente Tink también estuviera con ellos. Al estar concentrada únicamente en ellos, no me di cuenta del primer fae que se arrodilló frente a mí.

Pero entonces todos empezaron a hacerlo en oleada. Uno detrás de otro, se arrodillaron y se inclinaron con las manos apoyadas en el suelo. Así fue como pude ver a Ivy, de pie junto a la entrada de la zona común, con Ren a su lado. Ambos parecían tan sorprendidos como yo.

Aun así, ninguno parecía estarlo tanto como el príncipe Fabian, que ya era decir mucho, porque tanto Ren como Ivy estaban tan desconcertados como yo.

El príncipe llevaba el cabello rubio recogido en una coleta, por lo que se veía perfectamente lo pálido que estaba. Movía los labios, pero no parecía salir sonido alguno de ellos.

Entonces también hincó la rodilla derecha y apoyó la mano derecha en el suelo.

—¿Qué demonios...? —susurré, girándome despacio porque sabía que no estaban inclinándose por mí. Obviamente.

«Las cosas han cambiado».

Lo vi en el pasillo por el que yo acababa de llegar a toda prisa. Aquellos extraños ojos de color ámbar no estaban fijos en los faes arrodillados frente a él, sino en mí.

—¡Joder! —exclamé mientras las palabras que me había dicho Tink la noche en la que el príncipe resultó herido volvían a reproducirse atropelladamente en mi cabeza: «Si muere, entonces Fabian será el rey y él... no puede ser el rey».

¿Significaba eso que...?

Caden cerró los ojos y aquel brillo rojizo y amarillento apareció igual que antes, como si hubiera un halo de luz detrás de él. Esta vez no vi ninguna espada de fuego cuando el fulgor remitió.

En cambio, sí que reparé en la corona dorada que había aparecido en su cabeza.

Caden ya no era el príncipe...

Sino el rey.

¿TE GUSTÓ
ESTE LIBRO?

**escríbenos y
cuéntanos tu opinión en**

 /Sellotitania  /@Titania_ed

/titania.ed

#SíSoyRomántica